魯蛇人生

之諧星路線

賴志穎…………著

末日倒數第十八天

陽台欄杆懸掛一只用過的保險套，是樓上亂扔卡住的。我們都感到噁心，往窗外扔用過的保險套是什麼意思？「這時候戴套？是對未來還抱希望吧！」「那誰去把這個希望丟掉？」然而，我們卻轉身回房，做了點還有希望的事。

目次

（推薦序）

回到純粹

林俊穎

「革命已經遙遠，反叛已經平服，禁忌都沒有了。安娜．卡列尼娜的故事每家每天都在進行；包法利夫人無須等到天黑才敢到丁香樹下去偷情；異性戀太普遍，如果不能同性戀，至少也要雙性戀才成；卡夫卡的世界就在我們的辦公室裡，等待果陀像等公共汽車一樣地平常。……經典著作所建立的文學尊嚴，卓越作家們不惜以身殉之的人文品德、生命關懷、抗爭精神，件件不合時宜。普魯斯特辛苦建立的文學華廈已經變成公寓樓，吳爾芙努力爭取到的自己的房間也已拱手讓給都市發展商。外敵壓境，我們自動繳械；誘惑前來，我們揮霍、拋售如浪蕩子，文學的遺失的過程固然是一種被剝失，也是一種自動的棄守。外患內憂交攻，文學的存在空間已經被剝空、肢解。……」

「現在，任誰都能一眼看出文學處境的冷清，而且這還不是靜止畫面，是一道曲線——一方面，書寫本身就愈來愈難，低垂的果子老早被前人摘光，書寫只能一直往更高更深更稀處去，這是必然的；另一方面，曾經無所不在而且看似無所不能的文學書寫早已不是事實，太多東西已從、正從文學分離出去，尤其是那些比較華美熱鬧吸引人的東西。今天，專業的問題不必文學回答，遠方的新鮮事物不靠文學描繪遞送，革命不須文學吹號，好聽怡人的故事不再由文學來講，甚至，人們已普遍不自文學裡尋求生命建言，不再寄寓情感心志於文學作品之中，文學早已不是人的生活基本事實。」

不憚文長，這裡引用的開場白，第一段發表在二〇〇六年，是李渝對文學創作的自省自思；第二段來自唐諾寫在今年九月號《印刻文學生活誌》創刊十三週年，總題「給文學人的未來備忘錄」的短文。相距十年，蕭條同代，指陳的唯一眞實，小說的艱難處境，並不只是堅持要寫出唯有小說才能寫出的有志者，一再驚覺內容與形式的獨特性早已有如稀有金屬，更令人窘迫的是，這一門古老的手工藝已被驅趕到荒僻野外，繁華落盡。曾經的黃金年代，小說坐鎮生活現場的中心，是 SNG

轉播車，也是評論者解析者鑑賞者，更是預言休咎甚或狂言囈語的巫師。

俱往矣。留下的是小說的困境。

事證確鑿，其一，電影迄今一百二十年，是反諷還是反高潮，曾經這新東西飢渴地向文學、書寫的世界挪借，時移勢轉，現在則是彼此的位置漸進互換，小說這老東西偷偷地向影視取經。

其二，起碼十年前，小說家不是已經認罪了嗎？經驗匱乏之說，是畫押再畫押的供詞。因爲經驗匱乏，是以說故事也不再是小說的主要技能了。王安憶的說法是，城市無故事。

令人想起神話故事，哪吒剔骨還父，割肉還母，太乙眞人以蓮葉蓮藕爲其召魂復活。比之前面二段引文的標題分別是「漂流的意願，航行的意志」、「將愈來愈純粹」，如何？

是以拿到賴志穎這本小說的清樣時，我確實是惴惴然。因爲現實是更多時候，我不是寫小說的人，而是老成世故的小說讀者，好幾次不免負氣與好友說，寧願回頭重讀前現代的章回或筆記小說，《三言二拍》都好。

閱讀此書期間，主編陳健瑜電郵告知，書名考慮易爲《魯蛇人生之諧星路線》，我才恍然大悟，「諧星」、「魯蛇」兩詞，老幹新枝共生，諧星不得不搞笑，是因爲失敗者魯蛇正在其後緊追不捨？時行潮語所謂人生勝利組，說者掩不住其中的酸苦味與妒恨意，也是因爲當今之世，放眼望去大多是魯蛇吧，1%與99%的絕望對比，曾是美滿指標的中產階級正在下流化。所以，「我不入地獄，誰入地獄？」我不做魯蛇，怎能做諧星搞笑這溷濁世間？即使攀上勝利高峰，內裡暗藏曾是魯蛇的滄桑。既是上策也是下策，先自行嘲笑自己，打一劑預防針吧，否則漫漫人生路怎麼走得下去？法國小說家韋勒貝克的《一座島嶼的可能性》，道盡了諧星魯蛇的末世哀歌，有如一道隕星的華麗下墜曲線。

比起一般讀者，我多知道一些賴志穎迄今的生平狀況，他性格或許隱藏了搞怪叛逆的因子，然而求學一路是明星學校第一志願上去，讀到了博士後研究員且多才藝，無論如何是與魯蛇諧星有很大距離。學有餘力，他自虐般的執意寫小說，面對這一盤傳下來的難局（還記得鄭愁予的名句吧，「是誰傳下這詩人的行業／黃昏裡掛起一盞燈」），他如何布局因應？

收在本書的八篇作品，會是作者有意的安排嗎？首篇〈末日倒數第十八天〉不過一百字（但願我沒有讀錯），收尾的〈錶情〉嚴格來說已是中篇格局了。望篇名生義，從末日的瞬間啓示到那瀕臨報廢的電子錶牽連著若干人際網絡，皆是匹夫匹婦不甘被時間大神收伏。

確實，我是用「匹夫匹婦」如此古典的詞彙，早慧的小說家在青春燦爛時完成的《匿逃者》、《理想家庭》，無一不是透過所謂玫瑰色眼鏡，處心積慮要提煉傳奇，打造一個夢幻之境。《魯蛇人生之諧星路線》是一重大轉折，以〈遙控器不見了〉與〈流鼻血〉兩篇爲例，一個是平庸的、只在三廳與公婆丈夫兒子打轉的家庭主婦，但她粗枝大葉得近乎強悍地過著每一天；另一個林禎極，還是菜鳥上班族，卻是生活一攤死水、「生平無大志，只求六十分」的渣男。其餘六篇，也大都不脫這個範疇；舊詞，隨波逐流；新詞，不作爲。

我讀著又哀惋又毛躁，直言之，這樣的螻蟻人生有什麼值得寫的？又爲什麼要寫？小說家不是還在憤青的年齡層嗎？他爲何揀擇如此題材？或者，癥結所在是我們得面對這一終極的殘酷事實，契訶夫與莫泊桑那點石成金且神光穿透、寫什麼都好看的小說時代，果然回不去了。

物傷其類，當今寫小說的人都是唐吉訶德，電影曾給他一首歌，夢想那不可能的夢想，抗戰那不能打敗的敵人，伸向那不能抵達的星星。古文，「力大不能自舉」，唯小說家妄自以爲可以。

仿「黑色蜘蛛網」那一句諧趣電視節目用語的「讓我們繼續看下去」，我以爲〈末日倒數第十八天〉、〈髮事〉、〈錶情〉讓這本小說集鼎足而立，解答了——至少對於這樣的讀者——這些人爲什麼值得寫的疑惑。

〈末日〉極短篇也是全書的起手式，隱身的對話者看見欄杆卡著一只用過的保險套，感言那意味著「是對未來還抱希望吧！」彼此臭話互虧，你去把那希望丟掉。但兩人轉身回房，「做了點還有希望的事。」

交錯對照的世界，賴志穎寫下了還有希望的小說。

大江健三郎「始自絕望的希望」，我總覺有別於魯迅「絕望之爲虛妄，正與希望相同」的自噬。年輕的張愛玲寫的：「生在這世上，沒有一樣感情不是千瘡百孔的。」更貼近現在的賴志穎吧。

一如對於每一讓我流連、不願卒讀的小說，我總是不能免俗的非常好奇，故事是哪裡來的？就像廚師嚐到美食，一定好奇食材的來源。〈末日〉外，〈髮事〉與〈錶情〉是我個人最鍾愛的，不再像新手之作《匿逃者》，總企圖在每一篇小說敘事暗藏夾層、偷闢密室，是以才能更大聲詠嘆「啊，這個人。」賴志穎此一新書回歸小說作者的基本位置，凝視、逼視那些可親可憫也或同時可笑可鄙的人們，「我老老實實地告訴你們」，一個有著美麗的陰性靈魂的癌末男童，因爲手術，頭蓋骨都已經放到腹腔，他如何爲自己的告別戴上一頂巧手編織的長髮；一個堪稱優秀的職場女性，不時回望那些潦倒、心中破一個大洞的親人，如何挖空心思卻總徒勞地謀求一份屬於她的微薄的幸福……。

這次，賴志穎攤平了這些匹夫匹婦的圖像，詳細繪出他們走過的道路。一次純粹的小說書寫，樸實內蘊。

我想這樣回到純粹的書寫或者是他遠在加拿大求學的意外收穫，雖然網路似乎使得全球無距離，他畢竟不在我們這海島現場，可以輕易背向那些長期以來急於收編「小說」及其作者的種種論述、議題、標籤、流派，一如喬伊斯（James Joyce）受益於遠離愛爾蘭故鄉。

書既出版，自有他的生命與命運，成敗如何，即便作者自己也不得不冷眼旁觀。小說難寫，小說家在寫與不寫之間一樣難爲，有餘裕且有那性情可以做做諧星，何其快樂，那麼，「讓我們繼續看下去」吧，懷著珍惜與敬意。

（推薦序）

天使熱愛生活

陳牧宏

「感之欲嘆息，對酒還自傾。浩歌待明月，曲盡已忘情。」李白，春日醉起言志。

在三萬七千英呎天空往加拿大飛機上，準備前去參加國際兒童青少年精神醫學年會。航程中，很不專心地修改著即將在會議中口頭報告的電子簡報，而更多時間是在想著感嘆著時間總是乘著噴射機離去啊！怎麼也追不上。何曾幾時，十年竟然也變成我度量時間的單位了。

志穎告訴我他離開台灣去國加拿大蒙特婁市已經八年，而我一直以爲頂多才五六年吧，時間之於我越來越不是線性軌跡，而是充滿許多節點，多年前某夜和昨夜結繩一起，寂寞都那麼相似。

最初離別時約定好一定要去蒙市拜訪，充滿一種那就明天見的氣勢，但因著這些年工作工作再工作的生活，拜訪的行程就延宕下來，直到今年。都從抓住青春尾巴的二十幾歲少年，變成年輕人口中三十幾歲初老的叔叔了。

認識志穎眞的是非常青春時候的事。那時候沒有臉書、沒有line，甚至也還沒有奇摩、無名、番薯藤（這幾年似乎也都陸續消失在市場上了），只有BBS和msn。那是個只需要交換文字交流思想而無需交換照片的年代，人與人交會依舊充滿冥王星式的想像，有一種小小危險的浪漫，在文字中揣摩一個人的態度、氣質、談吐、和樣貌。我們都是夜晚城市裡的鄉民。

是馬勒讓我們認識的，最初不知道志穎寫小說，林榮三文學獎小說首獎似乎是二三年後的事情。青春不羈的少年們喜歡馬勒是多麼具有精神分析式宿命性的隱喻。我們都是伊底帕斯？會像巨人死去又再復活？擁有屬於自己的三響重鎚？那又什麼是我們的輪旋曲慢板樂章呢？

志穎是人如其字字如其人的人，初次見面至今我依舊如此覺得。眞是太斯文的人！第一次碰面，志穎穿著有盤扣的麻質襯衫和牛仔褲，我們相約唱片行門口，已經忘記是否事先約定好帶一本書作爲辨識的記號，然後一起吃了一頓極爲普通的日本料理午餐，談話內容似乎仍圍繞著馬勒和音樂，總之應該不是小說或詩吧。友誼這些年，大多數時候我們是不談論文學的，偶爾聽志穎說些文壇軼事，驚奇幾天也很快就忘了。我們分享生活，安安靜靜閱讀彼此作品，文字中猜想彼此最近過得好嗎。對於初次見面的午後，現在竟然只記得這些了，始終知道自己是一個記得感覺遺忘細節的人，而志穎對於細節總是非常敏銳，也許這是志穎小說而我詩的原因吧。

和志穎是有靈犀的。約末幾個月前，應該是賴香吟小說《文青之死》出版前後，我告訴他邱妙津遺書讀了十幾年都無法眞正讀完，總是讀了放下又再拿起來讀，反覆反覆，始終讀不完，彷彿她也許還在某處悄悄繼續活著寫著。但不知爲何卻緩慢地開始讀《其後》，某個深夜就默默讀完了，志穎告訴我，他也正在讀《其後》，之前似乎一直無法好好讀它。今年三月志穎返台兩週，我們相約「天使熱愛的生活」，我拿出《永別書》，說最近幾個週末午後就坐在天使每次讀一兩章，他竟然從提袋中也拿出《永別書》告訴我他也正在讀。我們似乎總是用同一本書辨認出彼此，就像一起尋找到獵戶星座知道現在還是冬季。

第一次讀志穎小說是〈紅蜻蜓〉初稿。大體解剖學課也許是每個醫學生生命中最重要的一堂專業課程吧。十九歲，面對死亡，手術刀劃開，生命的織理顯露出來。我們稍許討論故事和其中一些微小細節，心中暗自讚嘆多麼好的作品。幾個月後，志穎便以這作品獲獎。接後幾年，是志穎創作峰期，時常有機會讀到作品初稿，例如：〈獼猴桃〉，和反覆修改多次的長篇小說《理想家庭》。

志穎去國這些年，微生物古細菌研究占據他生活絕大多數時間，前去北緯六十度以上寒地採集標本，工作在極地般險峻的實驗室，實驗進度落後，論文寫作卡住，都讓他備感挫折。志穎告訴我，希望自己有更多時間專心書寫，創作之於他像燭火之於黑夜像玫瑰之於男孩，而確實他在忙碌研究生活的時間夾縫中，繼續創作，如此才有這本集子。

志穎邀請我為他八年後第二本短篇小說集《魯蛇人生之諧星路線》寫序，將文字檔案寄給我，我列印出來重讀，每篇小說應該在這八年間某個時刻我都曾經讀過。重新閱讀，沒有按照時序的，記憶就錯落地出現在腦海中，互相重疊模糊在一起，故事和我們分別經歷的生活與受傷也交錯著。

很好奇小說集為什麼志穎決定叫做「諧星路線」。加拿大行前夕在出發去桃園看診的火車上收到印刻編輯健瑜的電子郵件才知道的。雖然沒有和志穎討論其中原委，卻莫名喜歡這書名，總覺得那麼恰到好處。突然覺得諧星和精神科醫師有許多奇妙的相似之處，都經常面對到他人生命脆弱的時刻，並且期待自己能夠將一絲絲快樂和撫慰帶給受傷的人們。讓我想起在電影中戴著紅鼻子在醫院工作的羅賓威廉斯，那些歡笑背後是多少人間苦痛煩惱，這本集子是不是也在說這些故事呢！

幽微的情愫總是志穎小說的核心，偷情、同性之愛、跨性別、誤解的親情，而這些幽微似乎都能夠在故事中尋找到相呼應的小物件，這些物件彷彿預言總是出現在最巧妙的時刻，沉默的或聚焦的。磨得光亮的手術刀、電池耗盡的手錶、找不到的搖控器、寄給自己的告白信、芭比娃娃……。對我而言，閱讀志穎小說總是有種看靜物畫的感覺，一種介於生命已逝（nature morte）和依舊活著（still life）的幽微氣氛。充滿活生生日常生活的情感與細節，同時又把宿命和死亡安好地收納包容其中。有一幅很喜歡的塞尚靜物畫，木桌子、白餐巾、白瓷盤、蘋果、檸檬、骷髏頭，生的死的愛的甜蜜的恐懼的就這樣安安靜靜攤開平放，伸展各自的故事，志穎的小說也是如此。

《大地之歌》傳言是馬勒想避開死亡劫數的作品，男高音、女低音或男中音、與管絃樂的交響曲，而確實也巧合地爲馬勒延命兩年，讓他終能擁有屬於自己眞正的《第九號交響曲》。志穎是男高音，曾隨著多個合唱團唱過許多作品，我不知道是否志穎曾經唱過馬勒的作品，那是要用盡生命去唱的，就像他也是用盡生命在創作啊！

世界是
葷的

夢見那隻雞腿後，彥明了解堅持不到一週的素食人生該結束了，他或許不是吃草的命。畢竟世界可不是吃素的。

夢中的烤雞腿，色澤金黃油亮，雞皮酥脆可口間雜焦褐色，不知爲何被丟棄在門邊。

他只想到所謂的黃金五秒原則，食物掉到地上在這個時間之內撿起來就還可以吃，更何況，他最討厭暴殄天物之人。這時他決定欺騙自己，就當作雞腿只被丟棄五秒，於是屈身撿起入口。

雞腿味道在味蕾散開之前他就醒了。

堅持持續做一件事情，是彥明的強項，人生中許多決定，彥明都是如此堅持。像是燒菜。彥明從小就懂如何燒菜，但家裡掌廚的大權還是在長輩的手中，不逢年過節不需要出手，獨居後，要性子不出手就得挨餓。決定每天顧三餐後發現，做菜如同做實驗，事情按照流程理當出現可期待的結果，唯一不同的是，做家常菜比起做實驗容易太多。每當閒話家常提及燒菜，彥明的同僚都有同感。更何況，實驗做失敗就是失敗了，菜做失敗了，除非全面碳化，否則都還能吃！這對於經常因實驗受挫的研究員來說，的確是一件能維持最低自尊的活動。平日工作若感到疲倦，只要想著晚上可以做什麼菜來吃，彥明就有繼續工作的動力，讓他有精神撐到下班回家。

是的，彥明是個實驗室工作者，說好聽點是研究員，但他們這類人最常自稱「實驗室廉價勞工」，空有知識卻無法用好的「匯率」兌現，還動輒擔心未來會被機器人取代。他成長於台灣生物科技產業開始起飛的世代，進入大學時有許多人把生物科技或生命科學放在醫科外的第一志願（沒魚蝦也好的概念），有人被父母強填生科，更有人眞的以此爲第一志願！希望學成後能趕上起飛的產業。

事情總在開始的時候最有希望，所以他十年後拿到博士學位時，從政府到新聞仍說台灣的生技產業正在起飛，他完全沒遲到。這麼有希望的產業，實在是百年難得一見。當然，他覺得自己比一些同學運氣好，至少他在公家的實驗室做事，不用去號稱生技其實是地下電台賣藥的公司做一些自己都不敢吃的產品（最誇張的是有家公司最高級的儀器只是一台幾萬塊就有的常溫眞空乾燥機來乾燥瓜果磨粉，連分子生物學必備的ＰＣＲ或是其他基本儀器都沒有，也敢號稱是生技產業）、賣西藥兼陪醫師喝花酒或接送醫師的小孩，或是當賣耗材的業務。他最津津樂道的就是，當他還只是一個碩士班學生時，一個來自某剛起步但看起來比只有一台常溫眞空乾燥機有希望的公司的經理，告訴這些莘莘學子，爲了要維持研究產能，他們只招聘擁有博士學歷的人。彥明很容易受感動（簡稱：腦波很弱），在目眩神迷充斥著乾淨白亮的實驗台還有動輒上千萬的儀器的實驗室照片拼湊成的簡報中，他立下拿到博士學位並貢獻所學於產業界的志願。

跌跌撞撞中彥明還眞的拿到博士學位，雖然一路上「快逃呀！」「不如賣雞排！」等「博士無用」的風聲從沒止息，但他仍發揮了堅持的本性，咬緊牙關拿到學位。畢業後，雖沒看到任何徵聘的廣告，他依舊打電話給當年那個鼓勵他奮發向上拿到學位的生技公司，這間公司也竟然還活著。然而，接電話的人用很乾燥的聲音問了他的學經歷後，只落下一句話：「啊，抱歉喔，我們最近不缺博士，我們需要的是技術人員，有大專或是碩士學歷就好。謝謝！」彥明還想要申辯幾句時，對方早掛上電話了。

他投了一輪業界（包括那些他本來看不上眼的公司）的履歷卻音訊全無。此後，他也沒那麼堅持去業界了，畢竟大家聽到博士就害怕，覺得這種人眼高於頂，愛鑽牛角尖及挑戰別人，把人際關係搞砸了還沾沾自喜。

彥明覺得某部分倒像恭維，但當這些刻板印象影響求職時，就還是覺得回學術圈算了。這倒不讓人意外，他可以嫌別人公司是地下電台賣藥的，這些公司要他不是自找罪受？

在公家實驗室當約聘研究員好歹也是個暫時能養活自己的工作。學術圈打滾多年，他深諳在不欺騙的前提下粉飾報告的方法，來取悅只會打高砲的上級們。但這些成就對他實在非常虛妄。何以解憂，唯有食物。三餐是最讓他念茲在茲的事情了。因爲所學，他深知食安的重要以及購買食品的原則：加工食品原料製程越簡單越好；對產地不信任就不買；看到任何不認識的添加物，他都會先查清楚再考慮購買；爲減少農藥殘留，生鮮蔬菜下鍋前，都得泡小蘇打醋水三十分鐘；平日更常閱讀林杰樑醫師的文章長知識。這是他在生活中可以掌握的少數幾件事之一，除了偶爾跟朋友出去打牙祭（他稱之「豁出去把性命交給別人」），三餐都是自己包辦。

作爲一個生物學研究者，研究的挫折往往都發生在意想不到的地方，某些時候，即使只是做個簡單的實驗，也可以卡關到半年一年的，更別提到最後才發現某些前期規畫是無效或是錯的（更慘的是自己並沒有參與前期規畫，但仍然必須承擔後果）。所以，當聽到朋友非常有同理心在傷口撒鹽地安慰說：「沒關係呀，失敗的結果也是結果」時，心中只會悲歎，啊，只有食物是知己了。

除了「豁出去把性命交給別人」外，他也會請朋友到家裡吃飯。吃過自己煮的菜，友誼彷彿就更進一層。漸漸的，他的朋友圈裡也開始興起這樣的交流，互請吃飯，他也從別人那學到許多私房料理。於此，他最喜歡做的就是「以彼之菜還治其人」，讓當初教他某料理的人嘗嘗他學會後的版本，他最津津樂道的就是酸甜紫色包心菜，教他的朋友嘗完他的手藝後不禁有點不高興地喟嘆「簡直比當初做得還好吃」，如此之事，倒也讓他生了挑釁而來的成就感（博士搞砸人際關係卻沾沾自喜的實例）。他還曾在某人處吃完一道烤魚後，第二天馬上烤出味道一樣的烤魚請對方品嘗，讓對方除了吃魚之外順便也吃了一驚，感到示威意味濃厚（也莫名其妙丟了一段可能發展的關係）。對他而言這再自然不過了，研究人員的最大挑戰就是不斷地學習新技術，學習實驗室的新技術比起做菜繁瑣千百倍，學習家常菜只需要用到學習新技術不到百分之一的精神，何樂而不為？從此竟有朋友禁止他在燒菜時觀看，幸好這些菜都是無版權家常菜，要不然彥明大概就得被告上法院了！

彥明身邊並不乏對於食物帶有基進想法的朋友，在讀了一些讓人成為半吊子基進分子的書後，他也開始思考，是否應該成為素食者。他對素食是完全不排斥的，但那通常是偶一為之，面對素食朋友，彥明通常稱自己是「兼性素食者

（Facultative Vegetarian）」。若要茹素，他想從奶蛋素開始轉變或許是比較好的。因此在某個週一早上醒來後，他打定主意開始要當一個素食分子。然而身體的感覺很微妙，當他計畫要吃含有動物性蛋白的食材時（起司或蛋），就會飢餓莫名。這是彥明人生中少數幾次在開始時就知道撐不完的堅持，葷食的渴望若不消除，他只有兩種選擇，第一，苦撐茹素到生命結束那一天（燒出舍利子嗎？就算燒得出來，要給誰？）；第二，結束生命來達到他清白的堅持信念（博士鑽牛角尖實例）。

所以那天夢醒時，他竟暴怒地說出：「神經病！堅持這種事有屁用？」因爲他無法感受夢中雞腿的美味。

那是美麗的週六清晨，窗外鳥鳴啁啾，任何堅持都可因此輕縱，任何夢想都可因此潰散，人生沒有過不去的難關，山不過來，人就走向山。他立馬解凍仍然在冷凍庫的雞肉，中午就煮了一鍋咖哩雞來補償未竟之夢，當咖哩雞被他的腸胃普渡後，彥明對於食物的堅持只剩食安了。

然而在食安風暴爆不停的狀況下，小心如他卻還是中了兩鏢大廠的產品，再加上許多意想不到的食安問題，他連燒菜都不那麼篤定了。他了解檢驗人員的工作量及吃緊人力，卻不知道爲什麼政府不大量增聘相關的人才（畢竟他們也算是某種生技人才呀）。更何況，民以食爲天，生病才嗑藥，食物可得天天吃呀！

總之，連食物都背叛他了，彥明覺得很沮喪，沮喪之餘他想到，或許不該動不動就堅持什麼，生活中的堅持不外乎是想維持基本的安穩，然而連最後一道防線——食物——都已難以掌握時，如不拋下我執，那還能怎麼生存下去？畢竟這世界不是吃素的，因爲，在這個年頭，即使想找個素食材，也可能摻葷料呀！

髮事

我還記得那天幫坤豪照相時，她那斷斷續續的意志和清醒時的微笑。

當她提出這番要求時，我們也沒料到，小小年紀的她，竟會想到身後事的問題。我想，或許在她有意識的那些片刻，或是我們看起來她沒有意識的那些虛無時光裡，她都一直在思考著相關的事情吧。

告別式的那天，我提早到靈堂，把事情處理了一下，大概是尺寸的關係，感覺有點彆扭，但照完鏡子後，看起來並不奇怪。

小潔來了，是我要求她來此上三炷香，並擲筊，和坤豪通知一聲，我們都告訴坤豪這頭秀髮會跟著她入土，即使她只有九歲，我們也不該欺騙她的。

本來在人群中氣勢很強的小潔，那天倒很沉默，我則試圖讓她放輕鬆點，要她看看那頭秀髮在坤豪的遺照上看起來多美麗。站在朋友的立場，我能幫的都已經幫了，接下來就看造化了。

•

每次收到那些善心人士寄來的頭髮時，我總喜歡藉由這一絡絡的髮絲猜測她們（或他們）的日常生活，她們是貧是富，是嬌貴或辛苦，我的同事都笑我是頭髮算命師，但我知道，基於捐贈人的隱私，非必要我們是找不到答案的。

不是嗎？除非生病或老化，否則每個人都會長頭髮，每個人一生中，至少有一段時間是有滿頭髮絲的，這眞是人生中最平等的事情之一了。頭髮的質地可以代表一個人的衛生習慣、種族和營養狀況，髮型則可以代表一個人的宗教、審美觀或是感情狀態……我們身邊或多或少都有過「換一個心情或男友就換一種髮型」的朋友吧？

人們喜歡利用改變髮型來自我催眠，髮型彷彿是自己想成爲的某種樣子的投射，改變髮型，自己的形象也變了。

小潔就是這樣的典型。她的性格非常剛烈，若生在古代就是那種會因爲色狼（或只是路人不小心碰到）摸了她左手就把左手一刀劈了的那種烈女，這種性格換作在感情上，就是只要和男人分手，就必定大吵大鬧到家裡宛如核爆廢墟要重新買家具。總是讓朋友擔心的她，最後之所以還能安安穩穩存活到現在，繼續「相遇↓喜歡↓愛上↓在一起↓不能自拔↓還是不能自拔↓沒安全感↓天天查勤↓男方受不了終於要分手↓大吵大鬧↓分不了↓還是分了」的輪迴，就是得歸功於她的一頭青絲。每次分手後，她都會去找一間開業在鬧區小巷中、大家口耳相傳的小小的髮型沙龍中療傷系的設計師 Ferdy（爲什麼每個設計師都擁有一個用英文暱稱取的名字？），Ferdy 每次看到她形容枯槁地走入店門，就知道發生什麼事了。

平日的修剪，小潔並不會動用到 Ferdy 的巧手。

Ferdy 並不會如同其他設計師那樣以推銷最流行的髮型來鍛鍊自己的巧手，他會細聲細氣地傾聽小潔每一次大同小異的分手故事，在一兩小時（或是更久，要看有沒有染髮或燙髮而定）的沉澱後，小潔會頂著一頭讓大家詫異（有案可查的，像是整頭粉紅色染髮、龐克風和復古麵包頭）或是驚豔（金色的挑染在她頭上顯得高貴不俗）的髮型出現在眾人面前，髮型變了，她的舉手投足和裝扮也就變了。她總是和朋友說 Ferdy 是她的心理諮詢師兼治療師，說到我們這些朋友終於酸她說 Ferdy 不過是要妳的錢罷了。畢竟大家都心知肚明那家髮廊的價位可是全台北數一數二高的，而小潔是一間廣告公司的高階主管，薪水可多呢。

「不，你們不懂，」小潔說：「每次他把我送出門後，都要我不要回去找他了。他圖的眞的不是我的錢呀。」

「眞的呀。」阿比問：「那妳幹麼不和他交往？」

這時大家用「哪個髮型設計師不是好姊妹」的眼神白了阿比好幾下。小潔也就順勢跳到別的話題了。

事實上，我也找過 Ferdy，倒不是情傷，只是聽聞小潔的推薦，想要試試，不過也就那麼一次，每個人還是有和自己磁場相合的設計師，他幫我剪的髮型不差，但也不到迷倒眾生的地步，更重要的是，他剪的髮型有瘦身的副作用：太貴了（並沒有友情價或朋友推薦價這種東西）！以致我那個月剩下的日子都縮衣節食。卻也因爲那一次，我轉換到現在這個工作。

因爲 Ferdy 聽說我是做社工的，有天他從小潔那得知我的電話，和我聯絡上，談了一個構想。

「……我是從國外的雜誌得到靈感的，既然我是從事和美髮相關的行業，我覺得由我這邊發起還滿恰當的，但是我們還是需要有專業社工方面的協助，不知道你願不願意加入？」

Ferdy 提出的構想是一個服務癌症病童的基金會，藉由捐贈者的頭髮所製成的假髮，讓因爲治療而脫髮的癌症病童能回復自信。我以前也聽過類似的服務，Ferdy 這次發揮了他的口才，讓我思考了辭職投入這項服務的可能性。當時我服務於主要業務是和婦女福利相關的基金會（也就是專管家暴或失婚婦女），說眞的，天天處理的那些案子往往讓自己身心俱疲，產生了很重的倦怠感，或許轉到這個新成立的基金會，會有不一樣的人生風景，工作也會比較快樂吧？

一週後我答應了 Ferdy。大約再半年的緩衝期，我就轉到這個新成立的基金會服務了。

•

基金會的辦公室不大，只有三個員工，我是統籌及負責和醫院聯絡的窗口，也是負責把假髮送交給病童的人，基本上三個員工只要有空，都會去整理收取寄來的自然髮並且檢查分類。然而，囿限於傳統觀念，要人捐錢容易，但要能天天募到大把大把的頭髮是有困難的。我們曾經收到一綹很美麗的秀髮，結果沒幾天後，捐贈者就追來說有人警告她把頭髮給別人小心被下蠱或施法，所以得要回去。我們當然不會阻止，只是她沒想過嗎？我們去剪頭髮，還不就是把剪下的頭髮留在店裡嗎？

負責公關宣傳的柚子，每次收到新的頭髮就非常開心，畢竟髮量和她的業務算是有最直接關係的，如果能多收到一些頭髮，她就會覺得很有成就感。安安和我的業務比較近，她負責和廠商聯絡溝通將自然髮製作成適合病童的假髮，所以每次去醫院探視需要幫助的病童時，我們總是一起行動的。

然而，我們的作爲總只是某種心理層面的輔助而已，對於實際上的病情幫助有限。有些病童會康復，但孩童的癌症都是惡性居多，到最後都是會走的，我們和護士及病童的家長關係還不錯，每頂假髮在使用過後，都會清理乾淨還給我們，但也有小孩十分希望能擁有假髮一直到身後，反正頭髮要募還是募得到，Ferdy 本身和政商名流的太太或演藝圈都很熟，隔一段時間搞個大規模的慈善活動增加他們的名聲，不會沒人來參加的。

•

但這點好心最近卻讓我們很爲難。

我們認識坤豪時，他已經得惡性腦瘤一段時間了。因爲開刀和水腫，頭蓋骨都已經放到腹腔了，然而腫瘤還是不斷復發，化療和之後持續的放療讓他小小的身軀承受不了，頭髮早已掉光。

我們去探視他時，他難得清醒，害羞地戴著帽子和口罩，據說非常期待我們的到來。

病床上正擺著兩個美麗的芭比娃娃，和幾件漂亮的小衣服，他慈祥卻憔悴的母親正在一旁和他玩呢，她說這是坤豪最愛的玩具，上面的髮辮是坤豪幫娃娃編的，這些小衣服也是坤豪自己設計的。我仔細一看，的確，這些不像是芭比娃娃公司出的樣板服裝，這些衣服的剪裁和色彩搭配，比較像日本或韓國的流行服飾，還有一些實驗性很重的服裝，像是用錄音帶裡面磁帶所編織的衣服，或是串上好多彩色小珠珠的裙子。我心裡暗自嘆息著，另一個台灣未來的吳季剛，就將這麼默默地消失了。他媽媽還說，起初，他當警察的父親很討厭他玩這些，但看他病這麼重，也沒什麼好阻止的。

他本來沒什麼力氣和我們交談，後來安安從芭比娃娃打破話題，說她自己以前好喜歡芭比，但家裡窮，只好到同學家玩別人的。後來，好不容易家裡在某次生日時終於有閒錢給她買了一個芭比做禮物，打開包裝，卻是韓國的芭比娃娃，不是美國的，她當時也不以爲意，還帶著那個韓國芭比去同學家玩，結果被同學羞辱。

「冒牌貨，只能當我的芭比的傭人。」那個同學這樣說。

我和坤豪的媽媽在旁邊嚇了一跳，覺得安安說話說太急了，安安想拉近和坤豪的關係，沒想到說偏了，我想要打圓場，坤豪卻先說話了。

「別難過，我看過韓國的芭比，她們的衣服都很漂亮呢！」坤豪很單純地沒有誤會安安的本意，我鬆了一口氣，就任安安和坤豪繼續聊下去，我則到一旁和坤豪的母親說明我們基金會的服務和規則。

我們離開前，坤豪又陷入不知道何時才能再醒來的昏睡中了。回到基金會的路上，我本來想要和安安提醒她下次應該要更謹言愼行一點，卻被安安搶過了話頭。

「他覺得假髮只要不要和芭比娃娃那樣，頭髮都是從一個一個整齊的小洞裡面出來就好了。」安安說：「他覺得那個很恐怖，就像腦袋上開好多個洞。」

我的心揪了一下，問安安：「妳應該有和他說不是這樣的吧？」

安安點點頭。我露出欣慰的表情。

「然後，」安安有點猶豫：「坤豪和我說……他想要一頭長髮，可以紮辮子讓自己更漂亮……他從小就想要成爲一個和媽媽一樣漂亮的女孩子。」

我一下子愣住了，因爲這是第一次有男童提出這樣的要求，我問安安說，坤豪有沒有和他母親提過？安安說，這是他們之間的祕密，坤豪不敢和母親提，但希望安安能幫他。

「這種要求還是要和監護人商量呀。」我說。

回到公司，我們卻收到小潔送來的一頭烏黑長髮，她本來是要親自見我的，但是我剛好不在，於是她把頭髮和字條留給柚子。不說也知道，她又失戀了，這次玩很大呢，從長度看來，Ferdy 大概是把她理平頭了吧？

我看到小潔的頭髮，就想到坤豪的要求，因爲我們不常做長假髮，最長只有及肩，要不然其實對於使用者來說也很難整理，但坤豪想要更長的，我覺得小潔的頭髮和坤豪很搭。我和安安說，讓我回家想一想如何和坤豪的母親溝通吧。

結果並沒有想像中困難，坤豪的母親心中早有底了，總之，他活不久了，只要他能快樂，一切都好。我把坤豪想變得和他媽媽一樣美麗的願望告訴她時，她嚶嚶地哭了。

「我都不敢說，當初懷他時，我也希望我生的是一個能貼心的女兒。」她媽媽如此說道。

「那坤豪的爸爸那邊呢？」等她冷靜下來後，我問。

她說她會解決丈夫那邊的問題。

坤豪很愛小潔給她的長髮，小潔眞的是及時雨，因爲兩個月後，坤豪就去世了。她對於身後的要求都一一和母親說了，我們替她穿上自己設計的淺色洋裝，打扮得很美麗，並決定把那頂假髮一直留在她頭上，隨她入土。

生爲男孩，死爲女孩，我想這也算替坤豪和她母親達成了某種的願望吧。

•

然而事情卻壞在小潔身上。小潔有種「男人越壞越愛」的傾向，所以我們當初在聽到她說前男友的事情時即使爲她捏把冷汗，但也沒有想要眞的勸離，因爲男人遲早都會受不了她的死纏爛打的。一如往常，她簡直對上一個對象死心塌地到一個不正常的地步，我們都會開玩笑地說小潔是不是被下蠱了。

結果不是蠱，是毒。

那男人是個藥頭，常常會慫恿小潔用些有的沒的。後來我們才知道，這次是小潔自己提分手的，她突然意識到這樣下去不行，才會壯士斷腕離開他。

當她前男友失風被捕時，竟很沒義氣地供出她，而且這件案子還牽扯了好多藝人，即使有人想壓，新聞媒體也不會讓人壓下去。即使她強調自己沒有使用成癮性藥物，警察還是要查她，並且對她的短髮產生了懷疑。當她天眞地以爲和警察說捐贈頭髮這個善行可能可以幫助減罪時，我們的麻煩就來了。

事情發生的時間點很巧，就在坤豪告別式正要舉行之前。

警察要求驗髮，因爲小潔的其他體毛並沒有長到可以記錄到兩個月的身體狀況，但小潔的頭髮幾乎都在坤豪的頭上。這也怪 Ferdy，當初如果沒幫她搞這麼短的髮型，我就不會有這種麻煩了，眞是的。

警察需要一綹頭髮，可是坤豪的髮型是她自己綁的。看一個病懨懨的小孩，在昏迷與清醒之間，堅持著要把放在假人頭上的頭髮綁出最鍾意的髮型，就覺得十分不捨。而重點也是，她編織的髮型十分細緻而繁複，是由好多小小的髮辮所組成，要取一撮頭髮，除非大刀一揮，否則實在很難挑出頭髮來。

坤豪的母親聽到我提起要取髮的事情，又淚眼婆娑了一回，而我也是在交涉的過程中得知她的難處，原來坤豪的父親對於她要以女身下葬這回事很感冒，而他剛好也是偵辦這案件的刑警之一，得知檢察官要驗髮，可是額手稱慶呀，回家後就和太太說，整頂假髮就拿給檢察官吧，反正我們有毛帽可以給他戴。

她的父親一直覺得她應該要保有男子氣概，就我所知，他和坤豪的母親因爲喪禮中坤豪的著裝問題，吵到幾乎要離婚了。

而小潔也來找我，說她這下被關定了，工作一定會丟掉，要我想想辦法不要讓別人拿走頭髮去驗呀。

我要他們都先想辦法拖延一下，不管怎樣，過了告別式再說。

•

於是我去見了 Ferdy。我的頭髮也算是長的，不知道坤豪會不會喜歡。

在製成假髮的那幾天，我帶了 Ferdy 去殯儀館，細細描繪並仔細研究了坤豪自己編織的髮型。Ferdy 讚嘆著，並且撫摸著坤豪的臉龐，嘆著，眞是可惜了，沒有見過那麼細緻脫俗的髮辮。

•

一直擲不出聖杯，小潔有點心急，而坤豪的父親則一直在旁邊嚷著：「問什麼問，我現在馬上就可以去把他的頭髮拿下，順便把他的衣服給換了。」我看著覺得情況不行了，於是和坤豪默禱著：「姊姊會把頭髮還給你呀，你就讓爸爸把頭髮帶走吧。」

聖杯終於出現了。坤豪的父親帶著證物袋三兩下就把坤豪的頭髮掃走，看著棺材中失去頭髮的她，顯得更瘦小了。她的頭蓋骨始終沒放回去，頭型略顯扭曲。看著坤豪父親得意揚長而去的樣子，似乎爲了邀功吧，我覺得很心寒，他眞的從來沒有認眞對待過坤豪吧。

再見了，我的頭髮。反正還是會長出來的。

我從頭上拿下坤豪編織的美麗秀髮，替她重新戴上。

品漢沒上班的一天

如果品漢沒記錯，這已經是第二十八台了。

本月第二十八台摩托車，在他走出居住公寓的大門時從前方呼嘯而過。

今天是二十五號，卻已經累積了二十八台了，這是怎樣的世界啊！難道他出門時不能呼吸到任何一點新鮮空氣嗎？他有點隱忍不住，尤其在滿嘴廢氣味之後更是如此。他曾想過這裡面是否有什麼陰謀存在，爲啥幾乎他每次步出公寓大門時，就要遭到這種對待？

摩托車上都是些什麼人？載小孩上下學的媽媽、一身西裝或套裝安全帽上班的男女、拿自家在河邊種的青菜到路邊販賣的阿桑阿嬤、接女朋友上班的男友、在台灣享受飆仔樂趣的老外，還有一家四口前胸貼後背不知道要去哪裡的全家福。這些都是再自然不過的組合，品漢沒有辦法因此而生氣。

確定是第二十八台摩托車後，品漢驚訝之餘沒注意台階前仍然因昨夜天雨而濕漉漉的、刻著泰戈爾佳句的石版而滑了一跤。

他被剛好來清掃公寓的鐘點清潔婦人拎起來，幫他東拍拍西拍拍，還不斷叨念著要小心耶。品漢道謝之外卻也彆扭著，寧願沒被她看到，自己站起來拍拍屁股走人就好，他已經可以想像她和另一個輪班的清潔婦在清到他家門前時那副指指點點掩嘴而笑的三姑六婆樣。雖然沒有太明顯的外傷，但西裝外套沾到了不知道是哪隻有氣質的狗拉在這塊石版上的狗屎，而且那坨屎還剛好沾在「爾」這個字上，因此整段名言「沉睡中，我看生活是美好的。清醒時，我看生活是要負責的。力行後，我看清勇於爲生活負責才能擁抱美好生活。」彷彿是由署名「泰戈」的傢伙說的。

讓他不得不面對自從國中以後髒字詞彙量增加，每次看到泰戈爾就想到「胎哥」這句髒話的窘況。

（胎哥喔，剛才打掃廁所，被地上那攤從小便斗漏出來的尿濺到了啦！）

（胎哥喔，誰把蜘蛛黏在門上啊？）

（胎哥喔，誰大便沒沖還撕課本擦屁股啊？）

總之，胎哥往往是和屎或髒物連上的，沒想到這次還貨眞價實地黏在一起了。

以前，他都是帶有某種程度的崇敬之心，來面對家門口這塊石版上的詩句的，他還知道泰戈爾是印度人喔，可是知道他是印度人又不能加薪，也不能有免費機票遊印度，知道他是印度人，有什麼好處？

想到這裡，品漢渾身發臭，氣得直發抖，索性返家，脫下外套，用力……不（原本是要用摔的），小心地裡包外摺起放到地上，和公司請了病假（他自覺沒有騙人，他的心情的確病得很重），開始洗澡。

其實身體是沒有沾到狗屎的，品漢卻還是忍不住上下搓揉身體各個部位，彷彿要洗去的不是狗屎本身，而是躺到狗屎上的記憶。

終究要面對的，還是洗完澡後，躺在地上的那一坨外套。

毛料的外套，是要送乾洗的啊，品漢心中鬆了一口氣，這東西，只要扔到乾洗店就沒事了，但是如何讓洗衣店老闆娘心甘情願地洗呢？幾個月前品漢得了腸胃型的感冒，身體虛弱發燒加上一放屁就拉稀，屎了十條內褲，不是說這個數目已經夠多了，而是他扣掉已經髒掉待洗的，也只剩這麼多了，他病好後把內褲都先拿水沖到幾乎看不出來有痕跡的地步了，然而拿到洗衣店時（他沒有洗衣機），老闆娘在濃重的石油醚氣味的薰陶下竟然還可以蠟黃著臉告訴他，好臭喔，你拉肚子啊？然後心不甘情不願地收下那袋待洗的衣服。那這次的一大坨，他眞不知道要怎麼拜託老闆娘才好。

外套上的臭味慢慢地散逸出，品漢不得不趕快面對這件事。

他到櫥櫃中拿出香水，咬著牙不捨地先對外套胡亂噴一通（唉呀一罐要四千塊的名牌香水喲……），遮掩住臭味，拖延一下時間。

其實他沒有那麼害怕狗屎，只是想到那整個因爲他上半身的重量而直接像肉餅般黏在自己的外套背上的金黃色物體，就覺得不想面對。他想起小時候，家附近的那隻幼犬，也有肛門一鬆，屎就這樣咕咚掉在掌心的經驗（啊，小狗當時並不是緊張，原來，那件事情早就有徵兆了。品漢想到。），只是那些狗屎都還是成型的，不是這樣一灘的，這不管在視覺或是嗅覺上，都還是有很大的差異。

不能沖水啊，他掙扎著，要是能沖水的話，他就可以拎著外套到馬桶上，拿蓮蓬頭由上往下沖了，可是這是毛料的西裝呀。

難道羊咩咩不能淋雨嗎？他自問，但隨即浮出小時候聽來賴半街的傳說，在那個傳說中，擁有半條街家產的賴半街吝嗇地拒絕牧羊人將羊群趕到他騎樓下避雨的要求，結果羊群都病死了。

唉呀這個傳說不正是告訴我們，羊毛不能淋雨嗎？品漢想到這，眞是憂鬱極了。這可是玖玖亞曼尼的西裝啊，存好久的錢，才狠下心買的。

他想到當兵新訓時，自己那班分到掃廁所和浴室，班上同梯每天都因此一臉屎樣到不理性的地步（有人清馬桶清到崩潰性咆哮：這裡這麼緊張，怎麼會有人每天來上大號啊？），軍營的廁所一定髒，不管每天怎麼清總是會有一兩間糞坑不通，平時還好，貼上個「此間不通，請勿使用」的標語就好了，沒想到某天排長不知是生理期來還是怎樣，看到此條大爲光火，把廁所班喊去，嚴正訓斥要他們把這坑通樂，看到大家一臉陰沉，排長在迅雷不及掩耳身先士卒讓弟兄往後對他甘拜下風的速度下，空手入白刃，不，入糞坑，整個手肘都沒入了那口洞還不止，上上下下耙出了幾團爛巴巴的屎物、幾張發黃的爛紙（上面字跡模糊，後來得知是某人的信，兵變的那種）、兩個塑膠袋（好像是某種藥袋），最後，連保險套都出來了（幹，哪個屁精？排長罵道。不是啦，一定是有人趁懇親時和女朋友打砲，當衛生棉出土時，他的鄰兵這樣說。可是，月事來了還那個也太不衛生了吧……），總之這個不通的糞坑「簡直是福德坑」（排長語），他們整個廁所班的人目瞪口呆地在狹窄的隔間門口看著這一切，從此對於廁所不通這件事，再也沒有話說了。

爲了應付這種突發狀況，班頭公平起見，要每個人抽籤，到時遇到不通的糞坑，就可以依序輪流徒手解決。品漢運氣好，抽到倒數第二個，新訓結束前也沒輪到他。然而風水輪流轉，今天他自己面對屎時，就沒有那種一夫當關萬屎莫敵的免疫力了。

小時候，品漢曾經在參觀完故宮博物院的玉器展區之後，對馬路上的屎開啓了不同的想像，那時，他會牽著妹妹的手，像閃避地雷卻又深情款款地遠遠望著家附近巷道中的狗屎，說，看，濕濕的這是黃玉，乾掉的這是白玉，還有哇，少見的墨玉，咖啡色的是璞玉（讓他想到和氏璧的故事，年幼的他因此思考著，自己到底是不是塊璞玉呢？），但是怎麼看，就是沒有翠玉啊，唉，這些狗狗多吃青菜，大概就可以拉出翠玉了吧。

家附近的那隻幼犬，就是這時出現的。牠是屬於一窩小狗中的一隻，不太合群，總是獨自歪斜斜地走到他家這條巷子，品漢和妹妹會從家裡偷些餅乾牛奶的餵牠，並在裡面塞些菜葉，小狗都來者不拒吃了，他想看看牠是否能拉出翠玉。持續兩週後，有天品漢在陽台上看見牠，不同的是牠的屁股拖著一條紅紅的東西顛顛走著，品漢大樂，對妹妹大嚷說狗狗竟然拉出了紅玉耶，然而第二天，牠仍拖著這條紅紅的東西，被他父親撞見，品漢記得，父親說，牠脫肛了啦，腸子紅紅脫出那麼大條，活不久了，果然，之後就沒看見牠了。

品漢意識到小狗死了，難過地哭著說：「我沒有餵牠吃香腸啊……」

他坐在椅子上，望著地上一坨外套，突然想到了那隻脫肛的幼犬，於是打電話給妹妹。

「幹麼？我要開會了。」妹妹低聲說，品漢問她記不記得那隻脫肛的小狗。

「我不記得牠怎麼死的耶？啊，要開會了，待會兒再說。」她掛掉電話。

品漢本來還想問她處理衣服的意見的。他也不好意思問別人，只好自己悶頭想了。

門鈴響了，開了門，原來是剛才拎起品漢的清潔婦。

「啊這個不好意思咧，我想到你的那個外套齁，措到屎了，看看要不要幫你清一下耶？」清潔婦很客氣地問著，彷彿這是她造成的。

品漢沒轍，請她進來。清潔婦左看右看，像個診斷病因的醫生，「你這不能沖水齁，那你有沒有吹風機？」品漢遞給她。

這下子香水也沒用了，整個房間在熱氣薰蒸下，充滿了濃厚的屎味，清潔婦戴著口罩若無其事地說：「這吹乾卡好刮啦。」

品漢把套房內所有的窗戶都打開，臭味依然瀰漫著，彷彿這灘屎裡面飽含豐富的氣味因子，熱氣一蒸，它們就飛也似地衝出來在品漢的鼻黏膜上歡呼著。

「求求妳，別再吹了……」品漢捏著鼻子哀求著。

「你看，有些地方已經發白了，再忍一下噢……」清潔婦爽朗地說著，還把衣服沾屎的那面展示給他看。

品漢把插頭拔掉，轟她出門。

不過這倒是提供了他一個好點子，他把衣服吊到窗台上去晾著，至少外面的氣味不會影響到室內。吊完衣服，他不計成本地在房間四處噴灑香水除臭。

香臭混合的味道，讓他想到連長掏完屎後，同班弟兄一直很好奇的那幾張從糞坑中挖出來的信，因爲紙質和墨水很好，所以上面的字跡在泡過水後還算可以辨識，有個好事的鄰兵，在水龍頭下小心翼翼地沖乾淨，晒乾，竟然還可以聞到浸透紙張中的淡淡香水味，當然也少不了屎味，那是一種發酸的味道。

那封信屬於打飯班的一位弟兄，這件事公開後，在連上起了不小的波濤。

他身高一百八，個頭很顯眼，是那種很會把女友掛在嘴邊的人，剛入伍時，全連就知道他有個很正的妹，他在休息時，還會到處傳閱炫耀他女朋友的相片，雖然不是最美的那種，但是，她那雙桃花眼，哎喲，騷喔！把他同班和鄰班的弟兄們都搞得心癢難耐。

品漢就是他鄰班的一員，而且床鋪還相對的，每次床頭點名時就會和他幾乎四目相接（品漢當然沒那麼高，所以通常是看著他粗大的喉結發呆），但不安於室的他總是會乘機搞怪擠眉弄眼的，讓品漢有點不知所措。

他女朋友更實際的是每天都會寫信來，約在新訓一週左右，大家就陸續接到親友的信，這傢伙，是接到累積一週量的整疊啊，搞得發信的班長不罰他伏地挺身都不行了，此時他則會露出一臉欠打的幸福表情，大汗淋漓地做完班長規定的次數。有天他接到信，臉色一沉，似乎沒有那麼愉快了，但是隔天就是第一次休假，大家都沉浸在幻想放假要做什麼的愉悅心情裡，並沒想那麼多。

收假後，他變得比較沉默了，但還是常常收到信，品漢瞄到，信封裡通常只是一張他女友的照片，他也不若以往那般囂張傳閱了。

從那張塞在糞坑的信紙上的模糊字跡可看出，是在第一次收假前的那週寫的，或許就是讓他臉色一沉的那封信吧。

跟品漢同班的弟兄，讀完內容後引起了一陣騷動，班上立刻分為兩派，一派說要去揭發他，一派認為這種事人家很傷心，而且女朋友竟然短短的新訓都守不住，還是別說好了。

品漢是後面這一派，事情也先暫時壓下來了。但是班上弟兄仍很納悶，既然吹了，女朋友怎麼還是天天寫信給他啊。

最後是品漢發現的。那天點放，在營區附近的小城鎮，和同袍閒逛著，品漢和幾位同袍離開網咖到路邊抽菸時，他看見郵局前，那位打飯班的弟兄，鬼鬼祟祟遮遮掩掩地，走到了郵筒前，把好幾封信塞了進去。

只有品漢看到，但是他後悔吆喝了其他在哈管的弟兄。

事情被揭發了。

那位弟兄當場被在鎮上遊蕩的同袍逮個正著，並且揭露了在廁所裡發現兵變情書的事情。「其實我早就和他在一起了……」「我想，現在這個時機剛剛好……」「……我會在夢中想念你的，但我醒著的時間更多，那表示寂寞的時間更多……」「……要努力找到下一個女朋友喔！」竟然有同袍把那封信帶在身上，於是裝起女生嬌滴滴的聲音念出幾個重點段落。在大家嬉笑嘲諷的言語中，身高一百八的大漢竟哭著逃跑了。

那天晚上他沒有歸營，憲兵找到他時，他在鎮上一間農夫的雞舍裡孵蛋，還把手掌拱起來用指尖到處啄要搶他位置的母雞。

他的床位空了，但是在往後的幾天裡，班長還是不停地念到他的信，更令班長不解的是，班長記得自己已經先把寄給他的信抽出來了……

班長索性把他的信在床頭擺好，第二天白天竟也自動不見了，連上長官知道沒有多說什麼，就讓這件事去了，品漢每天面對空蕩蕩的床入睡。

品漢從冰箱裡拿出兩罐啤酒，敬這位同袍，也順便麻痺一下嗅覺。喝到微醺時，他紅著眼眶說，對不起，我自己也不知道最後會變成這樣啊……

信為什麼會不斷地到班長手上品漢也不知道，但信放在床頭後，是他拿走的，他開始也猶豫著，怕連長會來個天翻地覆把全連所有私人物品都攤到操場，結果長官都傾向以靈異事件解釋，反正新訓也沒剩多久了，這件事最後不了了之。本來他想看完信封裡面的照片後可以找機會還給那個大個的，最後也忘記這回事了。

或許是報應吧，品漢現在都三十好幾了（他因為老是不想告訴別人確切的數字，導致自己想知道的時候都得從頭算過），都沒有適合的對象，就算登錄了婚友社，見了面也不會有結果（他怎麼競爭得過那些單身醫師或是科學園區的工程師），幾年下來，參加過兩個大學時期的女朋友婚禮（其中一個只能算是單戀），讓他鬱卒難耐，真想衝上台一把將新郎推開，但是他沒有這個種，他也因此悲涼地想著，大概就是這麼沒種，讓他成為一個永遠只能吃死薪水也不太能升職的「中產階級」吧（他十分堅持自己的階級，即使他的「產」是因為單身沒有太大花費，除了偶爾忍痛買幾件名牌衣服和配件之外也不知道怎麼花省下來的）！

看著辦公室中該結婚的女人都結了，沒結婚的大概也同他般一輩子銷不出去了，就感到十分悲涼，但是幸好某天早上起床時，品漢突然神清氣爽地發現，自己不想交女友也不想結婚了。

某種東西，在深夜無人知曉時，把他對於看到女人想結婚的那份欲望偷走了，他當然還是會在路上睬妹，可是，這種逢場做戲的感覺，再也不會連結到婚姻上了。

這種情況，讓他想到張愛玲〈紅玫瑰與白玫瑰〉最後一句彷彿是這麼說的，佟振保起來後，成了個好人。

似乎很多人都會在早上起來的那個曖昧時刻，轉變自己的人生，除了佟振保不想做壞人之外，品漢有個朋友某天早上起來，突然不想澆花了，因此窗台上的花全死光了（還都放在那裡展示不清掉），另一個女同事某天早上起來，就不想逛街了（先前她可是公認的血拼女王啊），有個遠房親戚，某天早上起來，就跳樓了（這種事實在太沒代表性，太常見了），有個仇家，某天早上醒來，就來和他道歉了（反而顯得自己之前同他氣個半死很荒唐），還有還有，品漢住的這個社區，某天早上起來出門，人行道上就多了好幾塊刻著泰戈爾、胡適、雪萊等世界各地文學名家名言佳句的耍氣質石版了（他沒想到這是因爲前一天白天鋪完他晚上回家沒注意到的緣故）。

總之，在他身邊，還滿多這種例子的。

那會不會有天醒來，門口經過的機車都不見了呢？

至少到目前還沒發生過。

醉眼惺忪下，他從資料夾裡面拿出那些發黃的照片，那位當年的美女，以現在的眼光看來，脂粉已經太厚了，耳環大得俗氣，眼影藍到以爲要驗傷，還有飛機頭大波浪的髮型，外加好粗一條髮帶，眞是過時得太過分了。

這張是沙龍照，模糊的蘋果光，項鍊墜子閃爍著星芒；還有一張是單手握著標示「政大」公車站牌、傾斜身體四十五度帶有甜美笑容的照片；另一張是少見上淡妝的照片，背景似乎是某個圖書館，她前面堆了四疊書，表情是從正專心讀書中突然被叫醒的感覺，有幾本書的書脊剛好在鏡頭之內，下部隊時，品漢趁空在鄰近的鎮上圖書館把這幾本書找齊，當官空閒的時候翻著看，那個部隊既偏遠又沒有新訓時的同袍，於是照片就明目張膽地一張張拿出來，壓在自己的桌墊底下，謊稱是自己的女朋友。

那幾本書是《屬於十七歲的》、《含淚的微笑》、《雞尾酒會及其他》、《生之歌》、《城南舊事》以及幾本張愛玲的作品集，待他全部閱畢後，他懷疑，怎麼會在圖書館看這些書呢？他覺得這些書應該是讓女孩穿好洋裝長裙，騎著腳踏車，到一樹綠蔭下，耗去一下午的。而且，喜歡看這些作品的女孩子，應該有顆愛幻想柔軟的心，既然讀到這些充滿悲歡離合的作品，應該更珍惜眼前的男友才對，怎麼反而和男友斷得那麼決絕？他看過同袍以前收到的信，他知道這女孩子不是會把自己當成悲劇角色想體驗那種恩斷義決悲愴心情的人，要不然，這封信是她被人家架著脖子，在威逼利誘下寫的？

只有這個可能了！品漢篤定地想著（他沒有想到自己的結論可能是被某些愛情肥皀劇八點檔例如花系列之類的影集影響著思考），她一定是陷入某個男人的陷阱中，意外之下懷了別人的種，權衡之下不想讓男友爲自己擔心，於是故作堅強（或是在那個可惡男人的淫威之下）寫了這封信，或許，那封分手信上，有好多她的眼淚啊（結果竟然被扔到糞坑裡和屎和尿！那一百八大個兒也太不解風情了）。

她絕對不是腳踏兩條船的女人！品漢似乎是爲了證明心中的想法，鼠蹊一夾，又開了第三罐啤酒一飲而盡。

雖然如此，品漢倒沒希望在現實生活中遇到她，他甚至避開照片中可辨識的場景，以防和她巧遇。

可是品漢還是好喜歡她啊，品漢自相矛盾著。他無法在欲望高漲時看著她的照片，他認爲這是褻瀆，褻瀆心中最美好的女神。

有張照片裡，女人騎在一台達可達機車上。他彷彿……看見機車向他駛過來，他聞到的不是廢氣味，而是……唉呀房間怎麼還殘留一抹屎味啊？

他驚醒時，已經過中午了。

窗外的雨不知道下多久了。

品漢還在困惑怎麼自己會在家裡呢，從頭想了一圈後才驚覺，啊，外套吊在外面！

把外套搶進房間內之前，他又猶豫了一下，想說屎水滴到地板上這還得了，但是檢查後發現，早就給大雨洗刷乾淨了，嗅嗅連氣味都沒了，品漢嘆了一口氣帶進房內，倒是房間內還殘餘著少許的異味。

既然都淋了雨了，品漢把外套放到浴缸中，用水沖洗著，心想，要縮水，也要在自己手上縮，媽的那麼貴的外套，眞的是丟到水裡了！

也顧不了那麼多了，品漢抓起外套，就這樣擰起水來，外套厚重，他還夾到腋下，才能扭轉出多餘的水分。接著，大開除濕機和暖氣，順便加吹風機，吹吹停停幾乎三小時。窗外隆冬，盛夏則在房間慢慢籠罩，他在吹風機過熱休息的空檔，耳中仍繚繞著「嚶～嚶～」的聲響。

吊起來接受暖風吹拂的外套，在不知不覺中縮小到了品漢肉眼都可以區分的程度，他想到之前看電視節目介紹南美洲古代印地安人的獵人頭風俗，會將敵人的腦袋砍下，裡面挖空，七竅縫起，然後放到火上燻成小小黑黑的一粒，掛在腰間作戰利品，他甚至記得，吃飯宴會主人還會淋點酒給那些小頭呢。

既然感情那麼好，那爲什麼當初還要宰了人家呢？品漢思考著，任憑手上的吹風機彷彿無形溫暖的火把，烘蒸著那件漸漸縮小的無頭外套。

他還是決定將吹乾的外套送去乾洗，怕還有什麼殘留的，現在應該不用怕乾洗店的老闆娘聞到味道了。

走到公寓門口，他猶豫了，不是不送洗，他想算算看，到底多久才會有一輛摩托車從家門前經過，爲什麼他早上出門時總是吸一鼻子的廢氣。他看看手錶，關上門廳的燈，隔著大門的玻璃向外觀察著，這一坐就是兩小時，在這其中他嚇到了三樓要去買醬油的婆婆、五樓放學回家的雙胞胎、四樓要牽狗外出散步的空姐，品漢還抽空（其實時間眞的很多）試著穿上這件西裝外套，可是怎麼套都套不進去了。兩小時內，機車只記錄到十台，平均時間相隔十二分鐘，最長的一段也間隔二十分鐘，如此一來他更困惑了，既然平均間隔那麼久，爲什麼自己老是那麼倒楣在那三十秒左右的時間中打開門，廢氣滿身。

難道這中間有什麼陰謀？品漢打了一身冷顫，除去了這種想法，他不過是一個再普通不過的貿易公司的小職員，雖然有碩士學位，但隨時都有二十打和他一樣的新人磨刀霍霍準備接著他的工作，他沒有負責任何重大的商業機密，是那種隨時可以被取代的角色，誰需要花那麼大的工夫監視他啊？

出門時，一陣排氣管的聲音由遠而近，這時手機響起了，是妹妹的號碼，他接起電話，兀自說：「第二十九台，這個月應該可以破三十了我想。」

這時候，另外有五輛摩托車，五星連珠般從門口呼嘯而過，都是他曾經瞥過的鄰居。眼前升起一片迷霧青煙，紅色的煞車燈和橘色的方向燈在朦朧中閃爍。

「你沒事吧？」妹妹的聲音響起。

「不過就是巧合罷了。」他喃喃自語。

如同他在那個點放的下午，行人稀疏的小鎮，驚鴻一瞥，沒管住自己的嘴巴說出打飯班的同袍正往郵筒裡偷偷塞信一樣：大家都沒有惡意，只是那位一百八的同袍瘋了。

品漢覺得自己對摩托車沒有那麼生氣了，管他一個月幾台呢？至少，他現在可以比較寬心地面對洗衣店老闆娘了，他相信，經過雨淋、水沖、熱烘，外套已經沒有氣味。至於這件衣服洗好要怎麼辦？穿也穿不下，舊衣回收吧，他沒有嫌棄衣服的惡意，不像他的某位同事在借他一包面紙去上完大號後，就把整包還給他還帶有淡淡的嫌惡之情那樣子，嘿，這件不是面紙，是玖玖亞曼尼耶，他開始想像回收人員在處理這件外套時，心中會不會產生「唉，這件到底要暗幹起來還是就閉著眼依流程處理掉算了？」的掙扎，就算依流程，大概也會心理建設一句「一定是仿冒的！」吧？他也想像收到外套的人，或許不知道這件名牌的時尚意義吧，如果穿在街上被識貨的人看到，他還會肆無忌憚地穿著嗎？

這些已經不是他能力所及的範圍了，他現在唯一要做的，就是把外套成功放到洗衣店，還要防止老闆娘囉唆。出了門，他小心翼翼地閃避了那塊「胎哥」的氣質石版，並且對著話筒大聲朗誦著：「沉睡中，我看生活是美好的。清醒時，我看生活是要負責的。力行後，我看清勇於為生活負責才能擁抱美好生活。」大笑三聲後，在妹妹還來不及反應之下，他遂搶起話頭，成功轉移了話題，並愉快地和她提起童年那隻幼犬的死因和賴半街的寓意。

當然，結束電話後，他沒有忘記跨上他的小綿羊。轉動鑰匙後，排氣管噗噗噗地活了過來，接著朝洗衣店的方向揚長而去。

遙控器不見了

佳美醒來的時候，茫然看著電視螢幕閃爍著購物台畫面，不知如何關掉它。

佳美是被一陣電鈴聲吵醒的，當時，她正歪在沙發上午睡，事實上，是先歪在沙發上看電視，之後才不知不覺睡著的。醒來時她有一瞬間心中脹滿了不知道今夕是何夕慌張感，但緊接的失措，立刻取代了那微不足道的慌張。

先找回時間吧，她想。把頭一撇，即可看到牆上的掛鐘，下午四點五十幾分了，在她想到得去準備燒飯這件事的同時，耳朵和眼睛還不斷地瞄著購物頻道上兩位主持人無奈地搖著頭說「怎麼辦？節目還要繼續下去嗎？打進來的電話那麼多，一定馬上就賣完」的畫面心中順便興起了不搶就來不及的歐巴桑念頭，當她好不容易斷念且應門鈴得知是掛號信並想把電視關上時，她發現，遙控器不見了。

本來以爲舉手之勞摸幾下就找到的事，佳美卻在沙發上翻了一遍又在混亂的茶几上東翻西找，膝蓋還因爲打開抽屜而敲腫了一個大包，直到郵差先生不耐煩，電鈴狂響，她才一拐一拐地下樓拿掛號信，看看，原來是之前到電器用品店買電池的發票，眞是有夠小題大作她心想，順便完全忽略在一旁碎碎念郵差的凶惡表情。她想到，那天買電池買到一半突然停電，他們手寫發票又用完，只好留下地址之後寄給她，搞半天，原來是附近的工程挖到電纜，結果整個街區都一片漆黑，讓她連想到附近美容院的閒情逸致都給搞砸了。

話說回來，她就是看到夾報的廣告單說這家電器行的乾電池特價七折，而電視機遙控器的電池剛好又沒電了也沒存貨，以她這種精明的家庭主婦而言當然要捨高價的便利商店而就這麼好康的電器行了。

關上門，佳美又看了一陣子購物頻道，覺得有點無聊，於是想換台，她先慣性地往沙發的靠背上摸了幾下，沒有，再往沙發的縫隙中戳了幾下，沒有，咦？遙控器在哪？她看看有點雜亂的茶几，上面有散落的早報、吃完糕點剩下碎屑的小碟子、幾本過期的雜誌整齊以九十度貼齊角落、幾張發票扭成一團，還有幾張廣告紙，她翻了翻，沒有。

電視上的畫面又跳到賣男性內衣褲了，主持人說得頭頭是道，說這些產品穿起來絕對不會有印痕，不信在場的男主持人和模特兒都可以證實，他們當然點頭如搗蒜，接著就是身形俊美的男模半裸著身體走台步，佳美旁若無人（的確家裡也只有她而已）地有點看傻了眼，接著又趕緊回神，不可以，要趕快煮飯了，把電視關掉以免分神，之前她在燒菜時把電視開在綜藝節目的頻道，結果看得入神，直到鍋子都燒焦了才趕緊滅火。

因此不能造次啊！眞的是喔……嘖嘖嘖！她閃過了要拿起話筒買下那些男性內褲的衝動，不行！她克制著自己，雙眼盯著電視，雙手還是東翻西翻找著遙控器。

一陣滿頭大汗，她櫥櫃也找了、沙發底下餐桌底下都找了、裝待洗衣物的髒衣簍找了，連以前因爲丈夫和兒子貪看電視爲了阻止他們而將遙控器藏起來的櫃子裡的棉被也都找了，遙控器就是沒找著，她只好把面板打開。

實在是太妙了，最新科技的電視，面板上的按鈕，完全都是調整畫質或螢幕寬度的，並沒有任何的按鍵可以調整頻道或聲音，而且還找不到傳說中在電視機不明處的開關。

「科技始終來自人性」這句古早的廣告詞，在她轉瞬即逝的念頭中，變成「科技始終泯滅人性」了。

她還依稀記得，賣電視給她的電器行老闆，曾經以略嫌鄙夷的口氣這樣回答她曾經發過的疑問：「現在沒有那種還要走到電視機前按按鈕轉台的電視了啦！好吧，中古貨有，妳要嗎？」即使曾被老闆如此羞辱，她卻仍下意識地往電視的下巴磕兒亂摸一陣，彷彿那個電視會因爲發癢而自動笑到短路關機似的。

「放心啦，有個手動開關，就在這裡……」在哪啊，老闆的話言猶在耳，可是她腦海裡完全沒有那個開關位置的圖像。

咬緊牙，心一橫，她直接摸到插頭，手腕一縮，好啦，萬事底定，至少一老一少回家之前。

怎麼會不知道遙控器放在哪呢？她實在無心構思晚餐要煮什麼菜，但是在打開電冰箱發呆半晌後，還是決定了，晚些，七點半開飯，有時間可以燉一鍋苦瓜排骨湯和一鍋香菇紅燒雞，另外，炒一盤魷魚片、地瓜葉，蒸個三色蛋應該就好了，趕快先把要花時間的東西丟到鍋裡，三色蛋最好在蒸飯前先蒸好，再把那些芹菜絲、魷魚片、地瓜葉洗洗切切，這兩道菜在上菜前二十分鐘再下鍋快炒應該就行了。

佳美邊盤算著，邊切洗著苦瓜，想起當年，眞的是很無知，丈夫說要吃苦瓜，卻連個苦瓜湯都不知道怎麼燒，實際上的情形是，她看到兩大條苦瓜直楞楞地在砧板上和她物我兩相望，不知道要怎麼下刀，丈夫從身後鬼魂般飄過，哼了一聲，說，要不要找媽來教教妳啊？

這時，她才想到，和婆婆一起生活的好處，她這個婆婆除了燒飯以外，什麼雞毛蒜皮的事都會挑她，燒飯不挑，是因爲，佳美有個十分挑嘴的公公，她婆婆怕她壞事，頂多要她陪去買菜，下廚，這可是婆婆最當仁不讓的事，廚房是她的聖地，不是她這個媳婦兒可以使用的。

這是在結婚前根本沒進過廚房的佳美，覺得婆媳相處應該沒問題的原因。

她很多求學時期的姊妹淘，都很羨慕佳美有一個很會燒飯燒菜的婆婆，當然，新婚時她也曾經覺得自己眞是天下最幸福的媳婦兒了，然而過不了多久，她就發現生活習慣實在差很多，家裡的抹布不能亂用，有些是擦窗戶的、有些擦地板、有些擦架子、有些擦桌子，佳美常常因爲搞不清楚而被冷嘲熱諷，公公婆婆不希望她關門睡覺，說怕她或丈夫不小心死了也沒人知道，當然這對於注重隱私的佳美而言，眞是天大的不舒服，什麼私事都幹不了，公公婆婆還天天催生，還有些倒楣事，她爲了討好膝蓋有問題的公公，遂天天幫他照顧在頂樓養成叢林般的花花草草，公公只要負責窗台上的就好，本來無事，經她那麼一照料，陽台上的花草竟死傷一大半，氣得公公差點住院。她也不知道，公公婆婆對於看報紙，是有順序的，公公先整整齊齊地看完，交給婆婆瀏覽，接著才能交給後輩，她剛開始搶了報紙先讀不說，還將各個版面摺回來翻過去拆成好多張看，兩個大忌同時犯，以後要相好也很難。

林林總總不愉快的事情一大堆，她每次都覺得，似乎只有吃飯，才是和婆婆和解的時候，她不懂，怎麼那麼難相處的一家子人，可以燒出這種人間美味，這不知道該怪上天公平還是不公。開門睡覺的眞正原因是這樣的，逼到最後，終於在以爲公公婆婆都入睡時，竟在他們面前上演了一齣活春宮，後來，公公還會以彷彿閱女無數的口吻輕描淡寫地和她說，這麼小，以後怎麼餵奶啊？

原來那天晚上，聽到房門口窸窸窣窣的聲音，不是丈夫耳語的風聲啊，不關門，就是方便觀賞這個自動送上門的生子機器，是如何運作的。後來她還發現，丈夫是知情的，只有她被蒙在鼓裡。她覺得自己被丈夫強姦了。

她在得知受孕的當下，眞想轉頭和醫師說，直接墮了吧，礙於丈夫一直掛著讓她心軟的微笑陪她，只得作罷，心想，或許有了孩子之後，公公婆婆會對她好點。

然而，只要一面對公婆，她的神智就像被吸走一般，完全無法應答，當然，事情就更多做多錯了，懷孕期間，她整個放空，她恨自己的孩子，覺得自己的人生都被這個莫名其妙跑進她身體裡的東西毀了。

可是不懷孕，她還能幹麼呢？丈夫在婚前給她保證，自己的收入絕對夠支撐一個家庭，要她不要工作，在家裡陪父母，幫忙他們顧家就好了，以及（當時眞是被沖昏了頭現在想起來實在令她無地自容）那句「妳留在家裡，好好給我疼就好了」，眞是字字血淚啊——讓她每次吵架提到這句話就哭得眼淚鼻涕直流，有次還割腕割錯地方徒流一堆血手還痛了兩個月。

丈夫是很有能力的，讓她以爲可以在家裡當貴婦，結果只是關在高塔裡的長髮公主。

當然，肚子大了，公婆的確對她好了，她那個見到公婆就飄到體外的意志清楚地告訴她，他們只是對妳肚子裡的東西有興趣，那些補身體的料理，只是給他的，妳只是沾個光，還自以爲可以解脫了呢？

然而，佳美是個稟性純良的女人，公婆對她好，她就會主動想到那個後悔媳婦的故事：古代有婆媳不和兩個，媳婦因爲恨透了婆婆，便上醫師那裡問有沒有毒藥可以毒死婆婆？醫師給了她一些粉，說天天加在菜裡就會讓她死了，媳婦因此都要和顏悅色哄婆婆吃飯，後來婆婆也對她好了，她很懊悔，要醫師幫幫她救婆婆，醫師於是露出了一副「哈哈哈我早就算準妳有今天」的自信表情告訴她，那包是補藥，沒事兒的，遂皆大歡喜結束了這故事。

佳美爲了不想讓自己最後後悔（其實除了拿身體來威脅，也沒有什麼好讓公婆後悔的把柄），每每總是抱著十分複雜的心情接受了公婆的好意，拿人手短說人嘴軟，她也只能讓那個十分理性的自己去雲遊四方了。

從外人的角度看來，她那時胖了十公斤，要吃什麼就有什麼，茶來伸手飯來張口，眞是幸福極了。

幸福到她生出女兒時，就停了，當然，之前公婆要他們問醫生胎兒的性別，或許佳美有些許預感吧，怎麼都不願醫師判斷性別，即使產前檢查醫師想說，也會被她馬上制止，用此來拖延幸福時光，因此女兒出世時，整個萬事具備只欠東風的戲劇張力就此被扯裂，當然，菜還是婆婆燒，只是專屬於她的沒了，沒吃幾口就被公公婆婆挑剔，說她筷子方式拿不對（她完全看不出來自己的姿勢有何差別）、說她當初就是沒吃婆婆去中醫師那裡抓保證生男孩的藥（她說幾遍她早就吃了也沒用）、說她菜吃得慢於是指控她嫌婆婆做菜不好吃於是兩老快速吃完後很快就收了餐桌（她吃飯是出了名的慢，公婆不是不知道，而且專挑丈夫不在的日子下手）讓她每餐都吃不飽，此外，她還得自己上街大包小包地購買嬰兒用品，有苦，也不敢向娘家說，當初是她自己不要娘家安排的親事（聘金都收了）而執意要嫁給丈夫的，搞得婚後幾乎和娘家都沒有往來，這時回去訴苦，不也太沒骨氣了？

丈夫沒有公婆那麼惡劣，只是夾在中間很難做人，而且他的安慰在佳美的耳中十分無效，「老人家嘛，總是希望生男的。對我來說，男生女生一樣好啦。」「眞的嗎？媽說她都有煮菜給你吃啊。」「我想，是妳筷子拿太高了吧，他們從小就告訴我，筷子拿高的人，會到很遠的地方結婚，他們看到妳這樣，可能怕妳遠走高飛吧？」

「啊？」她不知道丈夫憑的是什麼狗屁邏輯，她已經結婚了耶，她的確嫁到一個叫天天不應叫地地不靈的地方啦。

更糟糕的是，婆婆還會拆她的信，那些信用卡帳單、廣告信就算了，竟然連朋友寄的賀卡和比較私密的信都被拆開，拆過也罷，婆婆拿了信還會在吃飯時公開傳閱，讓公公和丈夫看，這讓佳美好幾次都淚灑餐桌不知道怎麼繼續吃飯，沒什麼的事都被放大檢驗。像是有次她的姊妹寄給她賀卡，最後屬名愛妳的錦文，婆婆還問這是哪個男人？明明就是女生，丈夫也看過，還不知道安慰她，反而會跟著婆婆的話說：「嗯，的確像是男生的名字。」

至少，讓她比較欣慰的是，丈夫的確疼女兒，晚上孩子哭鬧，他也會幫忙，或許是想塑造所謂「新好男人」的形象吧。

坐月子完沒多久，公婆又再次逼生，她含淚和丈夫說，不論如何，生完小孩，馬上搬出去住，這次她終於發揮了強硬派的作風，壓著丈夫買了一棟預售屋，約都簽下，訂金也付了，公婆整天在兒子面前哭哭啼啼說翅膀長硬了就要飛囉，搞得丈夫也心神不寧，常常對她大小聲，大小聲完後又和和氣氣地和女兒玩，讓她真是快精神分裂了。

最後，婆婆還用口腹之慾來威脅他們：「哼！搬走？妳這廚房長什麼樣都不知道的婆娘，怎麼照顧我兒子和孫子？」

佳美很不爭氣地含淚吞吞口水（那些入口即化的東坡肉、酥脆的豆酥鱈魚、吃到流淚的麻油雞、香辣到還想再吃好幾碗飯的麻婆豆腐、酸酸鹹鹹的涼拌蓮藕、還有那些冰糖蓮子木耳、千層糕、小籠包……），這些一道道比飯店還好吃還道地的菜餚，都長了翅膀，從眼前飛走了。她還是大力地點了頭，並在心中告訴自己：「哼，我做的菜，會比她做的更好吃。」

婆婆似乎看出了她的心思，從此，燒菜時廚房大門深鎖，家裡有任何關於烹調的書，一律扔掉，連佳美買回來藏匿的，也被發現扔掉，她只能在有限的時間內，到書店看書，學會如何燒菜。

生產完，是個男孩，她二話不說攜家帶眷連月子也不坐了，直接逼著老公打包，到那個還充滿新裝潢刺鼻氣味的公寓。

當她材料都照書上準備好後，很好，書上沒有教常識中的常識（有的話也被她忽略了）——如何處理那些食材，怎麼切怎麼剖都不知道，於是，只能面對著那兩條直挺挺的苦瓜發呆。

丈夫的那句話激勵了她，反正就是切嘛，她小心翼翼地用菜刀把苦瓜切段，把子挑掉，在下鍋後，才發現忘記先汆燙（後來她還得知苦瓜裡面那層膜也要刮掉），即使別的菜硬著頭皮燒完後味道還可以，但是整鍋湯苦到女兒哭了一整晚，丈夫和她都互看對方苦瓜臉，悶了一晚沒說話。

現在，她可以很有自信地料理苦瓜了，當然，尤其在那次比賽之後，她更在丈夫及孩子的心中建立了不可磨滅的地位。

學做菜是要痛定思痛的，假使只是爲了逃離婆婆，那層動機達到目的後，就容易鬆懈。

在聽過許多姊妹淘泣訴的故事後，這終於輪到她了。

丈夫在一週偶有幾天，會回到婆家吃飯，佳美有食譜，畢竟還不算老手，煮出來的菜難免有意外，因此成爲丈夫回老家吃飯的藉口，後來，佳美也開始參加社區活動，甚至到外面的終身學習單位上課，以往憂鬱的心情簡直是一掃而空，假使丈夫不回家吃飯，她也樂得在外面晃蕩，帶著小孩外食。丈夫回家的日子，總是邊吃飯邊看電視，完全都不聽她講今天在課堂上學到什麼，或是菜價上漲下跌在哪裡發現好康的特價品等事情，佳美都忍著，有次，電視上播出某氣質女星唱歌的畫面，佳美不經意地問丈夫，我和她誰美？

家庭革命啊！丈夫怎麼辯稱自己是開玩笑的都沒用，後來在經過幾次大小吵，她慢慢地養成了藏遙控器的習慣，在換電視之前，丈夫還可以走到電視機前去一個個調頻道，當時沒有第四台，轉來轉去就那些，丈夫給個眼色就算了，後來裝了有線電視，這又變成爭吵的重點了。

佳美只是單純地希望，丈夫能多陪陪她說話，多看看她，就算面對面，沒有別的話說也好，當初談情說愛時，不都是這樣嗎？有些話和孩子們說，他們也無法理解。

結果，把遙控器藏起來，丈夫回家的日子更少了，等到她發現不對勁時，丈夫說，其實本來只想玩玩，但後來，人家都幫他生了小孩了。

整個姊妹淘都幫她想辦法，幸好丈夫是個軟腳蝦，被發現之後整個萎縮得如同犯錯的孩子，還要她千萬不可以和兒子女兒說，但是公婆也不知道從哪裡得知，反而還打電話和她說，丈夫都管不好，那孩子呢？還是給我們養好了。佳美很生氣，什麼都能被奪走，就是孩子不行，姊妹淘當機立斷，要幫她把這件事情擺平，先是推測，這種勾引人家男人的女人，難保沒有別的男人，這小孩可能是別人的不是丈夫的，於是直接約對方見面談判，姊妹淘有人家裡剛好開徵信社，於是把那個女生搞得雞犬不寧拍到好幾張她和別的男人約會照片，給丈夫看了之後，丈夫的心的確回轉很多，但還卡在孩子，後來偵探又幫忙取得對方萬分不願意給的生物檢體，一對，眞相大白，孩子果然是別人的，這下很好，連贍養費都不用付了，她發現丈夫開始對她有點敬畏了，畢竟，收拾了爛攤子。

唉，明明不是自己造的孽，還要爲此煎熬忙碌。佳美感嘆著。

接下來，「捉住丈夫的心」這件事更成爲佳美徵詢姊妹淘的重點，有人告訴她如何塑身如何施展媚功，如何把自己打扮得性感妖嬈，還有人要她拜狐仙，更有人偷偷塞給她一些難以啓齒的閨房祕笈，她左思右量，覺得自己不是妓女不需要用陰道鎖住男人，雖然並非性冷感，但是想到既然是個堂堂正正的家庭主婦，就應該用「廚藝」來鎖住男人，就像她的婆婆那樣。

她遂改變了自己的烹飪習慣，以前，食譜上寫的材料，買不到的，她就會任意替換，覺得抓到竅門後，還會擅自更改烹煮流程，現在，她不但一板一眼，廚房裡布滿了各種丈量器具，如果想更改食譜，還到烹飪班，直接和老師討論實驗，沒做到最好吃，絕不出手做給家人。

佳美有意無意間，會問老公，他小時候最喜歡吃什麼之類的，老公幾次的回答，都說是牛肉麵，因為，小時候牛肉很貴，很少有機會吃到，一旦突然有機會吃到牛肉，婆婆總是很珍惜地將那塊牛肉分成好幾部分，做成各種不同的牛肉料理，他記憶最深的，便是那唇齒留芳回味無窮的牛肉麵。

她想偷竊那牛肉麵的記憶，想來想去，遂叫兒子和婆婆撒嬌，雖然兒子不是婆婆帶的，但是公婆都很喜歡他，小時候，只要被佳美責罵，都會向祖父母告狀，他們會打電話來說項，佳美總是虛與委蛇，應付過就算了，令人比較洩氣的，是兒子嘴巴甜，平日常常會稱讚母親的廚藝，但是只要前一天晚上去過婆婆家，回來後怎麼逼問，連可以安慰她的謊話都說不出口。

佳美和兒子說，你吃過阿嬤的牛肉麵嗎？好像都沒聽你說過喔，爸爸說阿嬤的牛肉麵最好吃了，你下次可以問問她，能不能燒給你吃？

放長線，釣大魚，吃完一次後，兒子喜孜孜地回家報告，說超好吃的，佳美就說，好吃，以後就要阿嬤多燒幾次給你吃。

過了一段時間，她問兒子，你是不是每次吃完阿嬤的牛肉麵，下一餐都還想再吃？兒子猛點頭，佳美就說，你要阿嬤多給你煮點，帶回來，免得想吃的時候吃不到。

兒子大喜，也不出她所料，婆婆愛孫愛昏了頭，帶回來一大鍋牛肉湯汁，外加婆婆的手擀乾麵，婆婆要佳美孫子想吃時，再下水。

佳美不動聲色，舀了一小碗、拿了一條麵偷偷存著，兩天後帶到教室，下課後把老師拉下，兩人研究了好久。

麵條沒問題，這老師可以教妳怎麼拉，只看你有沒有這個心。

佳美點頭。

牛肉沒問題，這是上等的前腿黃牛腱，花錢就可以買到。

佳美點頭。

湯頭，我嘗嘗看，嗯……蔥薑蒜一樣都沒少，花椒八角茴香也都有，滷包也很普通，滷得很透，牛肉的味道都融進湯汁裡了，完全沒有牛肉的腥味，還帶點甘甜，燉煮的火候我可以教妳，但是，奇怪，總是有一股特殊的清香，到底是什麼？不是蘿蔔，也不是番茄，很熟悉又很陌生，到底是什麼？

佳美跟著老師思考的頭顱轉來轉去，急得都有點暈了，當她聽到這個味道時，她了解，這就是祕密了。

好吧，先把牛肉麵的基本步驟學好，再去破解好了。

佳美花了好一番工夫，私下到老師家額外付錢請老師教導，最後，她經過多次實驗，除了可以燉煮出幾乎如同婆婆的那種湯頭外，她也幾乎模仿到了那種清香。她加了少許茉莉、玫瑰花瓣和咖哩粉，很少很少，磨成很細很細，放進湯裡，造成一種模糊而曖昧的味道，那種味道瞻之在前，忽焉在後，捉摸不定，但又確定存在，雖然不完全一樣，但她相信，自己的路是正確的。

更誇張的是，她還邀請婆婆，各煮一鍋牛肉麵，來他們家，美其名是請婆婆指教，但是較勁的意味實在很濃厚。

婆婆當然被激怒了，這面子不能丟，不但費盡全力精心燉煮了牛肉麵，還威脅自己丈夫和兒子一定要大家稱讚自己的牛肉麵。

那天，佳美的丈夫和公公，當然對婆婆的牛肉麵大加讚揚，但是她看得出，他們吃到自己所做的牛肉麵時，那種想要讚嘆卻又強憋住不敢講的神情。

兒子女兒就很乾脆，阿嬤的麵很好吃，但是我更喜歡吃媽煮的。

「有媽媽的味道！」過了一會兒，兒子更火上加油了這句。

佳美還故意上前摀住兒子的嘴笑道，唉呀，我還得多向媽學習學習。

那天，婆婆像個漏氣的氣球，乾癟著離開家門。

她很高興，從丈夫的反應，知道她抓住丈夫的胃了，不僅如此，還徹底地抓住他的心。

丈夫是抓住了，兒子卻愈來愈遠了，沒辦法，青春期來了嘛。

剛好丈夫的公司近來十分不順，那種在商場上的霸氣也漸漸被消磨殆盡，雖然公司沒倒，但也有一餐沒一餐地撐著，佳美順勢地聽著丈夫吐苦水，摸著他漸禿的頭頂，彷彿在撫摸一個大嬰兒。

然而老公外遇的陰影，一直在她的頭頂盤旋不去，那夥姊妹淘說，有一就有二，現在沒有難保以後沒有，除了他的胃之外，還是要做點什麼，妳總不能一天二十四小時都盯著他吧？

她在姊妹淘聊自己的老公時得到了靈感。

有個叫阿麗的，最近老是一副欲求不滿的樣子，在餐廳看到帥一點的小夥子，就自以爲看別的地方聲東擊西地猛盯著人家看，這些姊妹看在眼裡好一陣子，終於問她到底怎麼了？

阿麗支吾其詞，最後在姊妹們的圍攻下終於棄守，她羞紅著臉說，她老公最近都很難讓她盡興。

壓力大？有外遇？身體出毛病？技巧太差？阿麗都不覺得這些是理由，這話題討論了幾天後，有人在街上看見阿麗的丈夫，驚訝地說不出話來。

「阿麗啊，妳丈夫，怎麼變那麼年輕啊？」

「大概是最近吃了藥，頭髮都長回來了吧。」

「那麼有效喔，告訴我什麼牌子，我也要給我丈夫嗑幾粒！」大家七嘴八舌地討論起丈夫們中年所遇到的頭髮問題。

阿麗最後在大家討論熱烈時潑了一桶冷水：「上次我去陪老公回診禿頭，順口問了問之前忘記問的副作用，結果，那個就是副作用啦！」

「哪個？」大家一時也沒搞清楚。

「哎喲，就是那個嘛……」她羞紅臉兩腳亂踢。

等大家終於搞清楚時，阿麗又開始（自以爲）東張西望（其實是）偷看帥哥了。

佳美突然對此產生了莫大的興趣，到藥局買了這帖藥，每天偷偷地和在好幾顆維他命丸魚肝油裡給丈夫吞下，心想，沒理由我不盡興，他就可以盡興。

她覺得自己很科學，像是電視上說的，讓強暴犯化學閹割。

老公從此便準時上下班，對於外面的花花世界毫不留戀，至少，透過電視機看到的世界，就已經夠他消磨時間了。

可是，過沒多久，她赫然撞見兒子也用電視機消磨時間，那個時間，是半夜她起床上廁所的時候。

她發現門縫下透出光線，以爲最後一個睡覺的人忘了關客廳的燈了，打開門，慢慢地踱到客廳，卻發現兒子正躺在沙發上專心地看著電視，完全沒發現她走出房門站在他身後，她睡眼惺忪正要上前問他怎麼還不睡，卻先瞥見電視上播著令她臉紅心跳的畫面，更慘的是，她竟然看到兒子久未給她瞧見的大剌剌的下體（天啊原來他不止長青春痘還早就長毛了！）就這麼褲子褪到膝蓋，一隻手拿遙控器，一隻手邊撫弄著。

她大驚失色，直楞楞地看著兒子嗯嗯啊啊地結束，才發現自己不該這麼站著，這下好了，兒子要站起來了，她趕忙躲到餐桌後，才避開兒子的目光。

第二天睡覺前，她遂偷偷地把遙控器藏起來，那天早上，她已經用消毒水把那只遙控器反覆擦拭了好幾遍。

有好一段時間，坐在沙發上時，她都覺得怪怪的。

兒子和丈夫都沒說話，似乎睜一隻眼閉一隻眼，女兒住到學校了，久久回來一次，應該不需要獲得她的同意。

從此，那只遙控器就成爲她每晚必備收藏，不到早上，沒有人會知道遙控器的下落。

她在炒菜的當下回想著，如果她早上忘了把遙控器拿出來，那她後來是怎麼把電視打開的？

如果她本來握有遙控器，而睡醒後竟然不見了，會有兩種可能，第一，她還在睡，佳美打打自己的臉頰，會痛，所以這種可能性不對。第二，在她睡著時，有人把遙控器拿走了。

她緊張了一下，把火先關掉，查看門窗，沒有鞋印啊，而且要潛入她家很難吧，大樓有警衛，而且又在七樓，上面也還有好幾層。

丈夫和兒子要回家了，她有點不安，如果他們發現現在沒有遙控器，那這件事就必須被公開討論了，那詢問前因後果之下，必然會問到兒子的那段，這樣她該如何是好？

或許就跟那些遺失單隻的襪子一樣吧，某天，會在不知名的所在，突然發現它的存在。兩個單隻又都可以成一雙了。

她偷偷在社區的卡拉ＯＫ班練習了當初丈夫喜歡的那名女歌星的歌，今晚，應該就是所有人心無旁騖，聽她演唱的最好時機了吧。

丈夫還認得出這首曲子嗎？

她甩甩頭，回到現實，如果丈夫兒子回到家，電視機連開都無法開，那一定會鬧革命的，那時誰還有心情聽她唱歌啊？連她自己都沒那心情唱了。

她於是又卯足全力，將電視插上插頭，開始東摸西摸，她正覺得自己很猥褻時突然「哎喲！」了一聲，她不知道摸到啥，但是電視開了，購物頻道。

這樣兒子回到家，鐵定會開她玩笑說她天天在看購物頻道買東西的（沒常買，天天看倒是眞的，她覺得這是一種鍛鍊耐力的修行）。

離下道菜煮的時間還有一段，佳美決定再看一下電視緩和情緒，新型壓力鍋、特價有保證書的鑽戒、調整型內衣、萬能遙控器、去漬霸、護眼檯燈……

等等，萬能遙控器！

佳美大叫，彷彿得到天啓，她竟然還看超過兩個產品，眞是太入戲了。

她回想那遙控器的推銷辭，好像電視、冷氣機、音響、除濕機、樓下的車庫門……只要對了頻率，就可以用了，那我家的電視也可以囉！

她胡亂地抓著，往自以爲放電話的地方摸去，咦？無線電話呢？

呼叫電話的鈕按下，沒聲音。

佳美回想，似乎，她早上和姊妹八卦閒聊之所以會結束，就是因爲電話嗶嗶叫沒電了，後來她聽到洗衣機洗好了的訊號聲，今早她可是洗了三大鍋的衣服呢，所以，也就沒管電話了……

怪不得下午那麼清靜。

翻箱倒櫃，又翻箱倒櫃。

很好，電話，你在哪兒呢？

流鼻血

不知道一切是不是因爲看《聊齋》引起的。

林禎極週五下班後，沒有約會，只好獨自逛街，以逃避太早回家、得面對兩老並在大眼瞪小眼的情況下被「年紀到了該結婚」或是「最近那個誰有個女孩可以帶來給你見見」的話題轟炸。逛著逛著，竟看到書籍大特價，五折耶，這年頭，換季衣服賣五折太常見，看到什麼喜愛的新衣服，忍到打五折時再買也不遲，衣服有季節，但是書應該沒有呀，他於是好奇地進了書店逛逛。

並非所有的書都打對折，是其中一家看起來快倒不倒的出版社，將旗下能賣的出版品，都在這家書店寄賣，大概是爲了求個好年終吧，這年頭幹出版業的似乎很不好過，聽說人人都想當作家，可是人人都不想看書，禎極悲嘆一聲，佛心來著，便開始細細瀏覽架子上打折的書，看起來狀況都不壞，心中於是打定主意，買個精裝本回家好歹也可以妝點妝點日益沒有文化只剩下財經雜誌或是教人如何人生規畫的書橫陳的書架吧。

這排架上陳列的，都是一些經典古典小說，如《紅樓夢》、《水滸傳》、《金瓶梅》等他碰都不想碰的著作，他還看到一些沒見過的名字，如《醒世恆言》、《今古奇觀》、《初刻拍案驚奇》等書，一排掃過去，他實在有點頭昏腦脹，最後，他在角落看到一本《聊齋誌異》，賓果，鬼故事是吧？這他還有點印象，因爲以前看過電視播放根據這本書改編的單元劇，裡面穿白衣濃妝豔抹的女子飄來飄去，配上呆頭呆腦的書生，他有點懷疑自己是不是把聶小倩的故事給強加進去了，正當懷疑時，他隨手翻開目錄看看，不禁驚呼我的媽，在第二卷裡，就有篇〈聶小倩〉啊！禎極的手抖了一下，想要翻到這一頁，卻發現，怎麼也翻不到這一頁，心想眞是見鬼了，還覺得陰風陣陣，背脊發涼，他心想千萬不要眨一下眼，接下來四周就要變成荒郊野外鬧鬼荒廢的蘭若寺啦。

他甚至還和自己的眼皮賭氣了一陣，怎樣大丈夫說不眨眼就是不眨眼，可惜撐不了多久，還是含淚屈服於眼皮的淫威之下，眨完眼，四周景色未變，《紅樓夢》依舊是《紅樓夢》，《水滸傳》也依舊是《水滸傳》，四周的人並未因爲他這番內心的掙扎而把聚光燈打在他身上，他有點失落，也比較能氣定神閒了，於是闔起書，深吸一口氣，把書封面上上下下打量了一番，這才發現，這是下冊，目錄是總目錄，所以把上冊內容的也列在這裡，但內文當然就沒有〈聶小倩〉這章啦。

眞是的，果然所有鬧鬼的事件都是有科學解釋的，他前幾天才看到探索頻道，解釋了深海沉船的鬧鬼事件，原來潛水員聽到的呻吟，並不是當時沉船時旅客的哀號，而是不遠處鯨魚的叫聲，那叫聲喲，聽起來，可淒厲咧。怪不得潛水員會被嚇得花容失色。

好吧，今天就找到這篇故事，假如喜歡就買回家，如此也算功德圓滿了，結果遍尋架上，怎樣也找不到上冊，下冊倒是有四本，他不禁開始小聲地咒罵著現代人，眞是有始無終，買了上冊，竟然不帶下冊，這樣讓下冊擺在架上孤零零的，很多人就算看到也不會買吧，就像把一堆在室男鎖在同一個房間一樣，也許湊得了對，但搞再久，也不會生出個娃兒。

他只好跑去問店員，希望這只是個誤會，店員把上冊擺在神祕的櫃子裡，只待有緣人前來購買，禎極是不是那個有緣的甯采臣呢？

「抱歉喔，架上沒有就是沒有，有個同事和我說過了，上次有個人來把上冊都買走了，結果再通知廠商進貨時，廠商進錯了，又多進了幾本下冊，結果都變成下冊了。」禎極果然不是那個有緣人，看見架上一本本的下冊，他突然想到「牝雞司晨，必有妖孽」這句話（是這樣說的嗎？），怎麼會有人只買上不買下啊，這樣他回家不會良心不安嗎？此外，見微知著，連這點小細節都會搞錯，進錯書，怪不得出版社要倒了，禎極因此有種「我不上天堂誰上天堂（他在公司受訓過一期團體心靈課程後，便強迫把一些看來有負面思想的成語變成正面的，如此句）」的懷抱，一口氣吞下，便自告奮勇（咦？）要買一本下冊。

店員狐疑地問他：「你不等上下兩冊來一起買喔？」禎極遂問道：「那什麼時候會補貨呢？」「不知道。」店員回答得肯定，禎極兩手一攤說：「對吧，那我還不如先買這本下冊，反正便宜啊。」

「從上冊看起來比較順吧？」店員還不死心，禎極覺得若他不是個店員，還真是個好人呢，只是這樣便透露了他不知道這本書在說什麼。他覺得自己雖然不是什麼讀書人，但基本常識畢竟是有的，而且竟比成天埋首書堆的書店店員知道的多，就頗有成就感。

禎極翻開目錄，略帶炫耀地和他說：「也還好啦，你看，這是一篇一篇的，不會有前後不搭的問題啦。」

「噢。」店員訕訕地幫他結了帳，他神采飛揚地步出書店大門，感到自己聖靈，不，書卷氣充滿，真是飄飄然，走路有風。

回到家，他才看了一篇，便昏然欲睡，畢竟太久沒有接觸文言文了，即使鬼故事也沒得救，雖然在上一波教育部要減少文言文教材的風波中，他是支持多教文言文這一方，他沒有膽在同事面前辯論，但是情緒如何發洩呢，最基本的，就是在家裡同老派的父親對著電視機大罵，可是說實在的，禎極自己的文言文修養也沒好到哪去，他只是單純基於「以前念文言文那麼辛苦，後來的小朋友怎麼可以就這樣混過去呢？」的不爽心態，因而找來許多資料包括「念文言文可以讓寫作能力加強」、「增加美感的養成」、「培養語文能力」等陳腔濫調，然後上網，和支持減少文言文教材的網民辯論，辯到最後，連「閩南語保留了很多文言文語法」等論調都出來了，然而他關上電腦仔細想想，到底什麼是「語法」啊？把句子換一換順序就是語法嗎？我愛你你愛我，一二三四五五四三二一，還是什麼鬼的，自己根本就搞不清楚啊。

看不下文言文小說，他便闔上書，步入客廳，和父親一起嗑瓜子看綜藝節目，笑了一兩個小時後，父親在沙發上睡著了，母親要他一起把父親扶上床，大家都該睡了，禎極很應景地打了個大呵欠，和平常一樣的生活，上床睡覺了。

禎極是一個很不會作夢的人，他的睡眠和他的人生一樣腳踏實地，實在得很，他的學業一向是中等的，考上的大學也是中等，當兵時體能測驗也是中等，找到的工作薪水也是中等，他就是有辦法保持中等，即使不小心落到了不符合他中等風格的地方（如高中竟然給他撈到了第二志願的學校，實在是高出中等的範圍）理論上他應該會落後別人許多，但他也會慢慢微調，把自己在班上的排名調到中間，總之就是統計學中高斯分布最中間的那群，符合儒家一貫的中庸之道。他並非不上進，但說他上進也很奇怪，他跟隨著大多數人的腳步，融入無色無味的上班族中，學的東西和上班所需的東西很不同，他不緊張，反正大多數人也是上班以後才開始學上班那一套的。他有一票朋友，要玩要喝酒都會找他，他是個很好的熱鬧塡充劑，在該笑的時候不吝惜笑聲，該流淚時他也會被看成性情中人，別人失戀時，他在電話這端當垃圾筒，從來就不會把別人的祕密說出去（其實他根本沒專心聽），別人生日或生小孩或升遷或得到什麼獎賞時，他也不會做最後一個恭喜別人的人，大家都記得他，但大家也很少在私底下討論到他，偶一爲之，通常也就是嗯嗯啊啊過去了。

「我最近在路上看到林禎極和某個女生走得很近耶……」

「眞的喔？那你知道那個女的是誰嗎？」

「不知道啊，背面怎麼看得出來啊。那天我是剛好要去吃一家好吃的日本料理呀！我才沒空理他們呢。說到那家日本料理，食材好新鮮呀！我到現在想到都還會流口水呢。」

「眞的喔，把地址給我，我下次也要去！……」

禎極並不知道自己在別人的話題中常常就如此被稀釋掉了，他連帶給別人八卦的刺激感也沒有，比日本料理還不如，純種的「奧美茄（Omega）」男人。然而，他的日子活得心安理得，除了還沒有討老婆這件事讓他有點微微不安之外，畢竟已經年過三十，叫「宅男」也都有點不好意思了，可是他並非蝕老族啊，他是有工作的，他只是爲了節省開銷住在家裡，他不住家裡，弟弟結婚後也搬出去了，這樣空蕩蕩的怎麼可以？兩老平日大眼瞪小眼已經瞪到沒什麼話說了，發生什麼事，看來也很難互相照應，他住家裡可是盡孝道啊。

然而是夜他並不像平日那樣睡得好，他很罕見地作了一個夢。有人以爲他夢見了聶小倩吧？非也非也。他夢見的是那間書店的店員，當時他見怪不怪地發現那店員的臉是以前一位名叫「香奈爾」的學姊，但是頸部以下，就是一具普通男人的身軀，夢中，一樣維持當日的對白，只是他似乎散漫了點，心底話一不小心竟然脫口而出：「你竟然連《聊齋誌異》這種經典文學作品都不知道，還有什麼資格當書店店員啊？」

「先生，您說話要客氣一點，我以前是搬家工人，我來當店員，純粹是有冷氣吹，而且，我力氣夠大，搬得動書，你沒看到這裡有那麼多磚頭書嗎？」香奈爾女性化的臉龐，竟然滿臉橫肉地吼著，他再往下一看，看見這店員脫下外套，露出裡面單穿的一件小可愛，問題是這小可愛底下，可是一副金剛芭比的健壯身材，說有多不搭就有多不搭。

「哪裡，我沒看到磚頭啊。」雖然狀況危急，這句話他還是脫口而出，禎極覺得自己的視線還很機車地往前往旁邊瞄了幾眼，說時遲那時快，那個店員冷不防拿出了一塊豔紅的磚頭，往他臉上砸了下去。

大概防護的力道很強吧，他的手背狠狠地往鼻梁上一靠，這下他可真的把自己打醒了，禎極唉了一聲，液體的流動感充塞鼻內，腥味上湧，不好，流鼻血了。

最後模糊的一景是，看見香奈爾學姊美豔的臉龐，正若無其事地拿著化妝筆彎下腰沾著他的臉龐（應該就是血吧），對著小化妝盒補妝畫口紅……

悶。

時值隆冬，天氣乾冷，皮膚早就乾燥得不像話，鼻孔裡的黏膜亦如是，故稍微碰撞即血肉模糊。他手捂著鼻子，頭半仰，還得看路，踉踉蹌蹌終於到了廁所，到洗手檯前一低頭，血一古腦傾瀉而下，碰撞到臉盆時還有悶悶的聲響，像雨水打在塑膠雨棚上。

廁所的小透氣窗開著，冷風不時颳進來掃一掃他的身子，他正覺得血要停止時就打了個大噴嚏，所有的努力又白費了，得從頭來止血一次。

他昏昏沉沉上床時，已經過了大約四十分鐘了，他滿腦子都想把香奈爾學姊金剛芭比的影像消除，卻仍不時出現她的身影，他渾身發冷，覺得自己眞是氣血耗盡了，幸好明天不用上班，這是他睡前告訴自己的最後一句話。

第二天，他睡到快中午才起床，嚇了一跳，以爲睡過頭忘記去上班，後來發現是週末，卻也懊惱怎麼那麼晚起床，如果這時候不早點去健身房，下午就要人擠人了。母親信誓旦旦說早就叫過他兩三次了，他都昏昏沉沉說等一下，禎極完全喪失印象了。

父母都已經去外面散步回來了，午餐也幾乎準備好了，他步出房門就聞到了午餐的香味，可是他一點食欲也沒有，頭昏昏的，肚子悶悶的，只想重新躺回床上，他好像感冒了。

「昨天晚上流鼻血了……」

父親在看報，聽到他說話，五秒後才有反應，從報紙堆中露出一個頭，表示知道了，就再次把頭埋進報紙中。

母親早已回廚房，正大火快炒，抽油煙機嗡嗡響，鍋杓鏘鏘鏘有如武俠片之械鬥，「啊？你說什麼？聽不到……」

他悲涼地自憐眞是爹不疼娘不愛的孩子喔，還是早點搬出去免得惹人厭好了，想到搬出去又要多花錢還是算了……

他自顧自地去盥洗。看到洗臉盆血跡斑斑，整個早上竟然也沒有人發現而緊張兮兮，可見人過三十沒有娶老婆，就愈來愈像一張飄來飄去的幽靈沒人理囉。

在林禎極的人生中，流鼻血是大事，就他印象所及，流鼻血時伴隨著總是一件在當下非常重要卻因流鼻血而不得不暫停的事。這種印象是從他小時候有記憶時就開始了。

最初的那一次，他對自己身體的感覺已經模糊了，但他知道，是母親把他揹在背上，彎著身子，在廚房料理食物，那時好像在砧板上切肉吧！母親正聚精會神地把一塊里肌肉切成片，他卻發現，砧板上有……「阿油，阿油，馬麻，有阿油。」

那時，他很開心地和媽媽說，因爲他小時候對食物不是那麼有興趣，如果要吃飯沒有配醬油，他是無法下嚥的，小時候他對於醬油就情有獨鍾，直呼它爲「阿油」，母親以爲他餓了，還晃晃身體哄著他說等下就吃飯了，不要急，這一晃，可晃出了問題所在，媽媽覺得脖子上熱熱的，以爲他流口水，切肉切得正專心呢，這就沒理他了，直到父親來廚房觀看料理進度時，才以爲發生了凶案。

「你你你……你們兩個在幹麼？」他睜大雙眼嚇得發抖。

媽媽這才抹了抹脖子，嘩，都是血。原來禎極流了鼻血，剛才說的阿油，就是砧板上滴的那幾滴血，後來姿勢一變，就整個到母親身上了。

這對年輕的夫妻，眞是慌了手腳，趕快一古腦衝到了浴室把衣服脫掉把小孩弄乾淨（他已經滿臉血肉模糊了），這麼一下也忘記爐子上還燒的火，最後整個廚房都燒起來了，他們一家人是被破門而入的消防隊員救走的。

最糗的是母親當時還羅衫半解（本來試圖順便洗衣服的），消防員打開浴室門時還尖叫到整棟樓的人都聽到了以爲發生了什麼事，這個尖叫一方面是獲救之喜悅，一方面也是羞赧。

房子燒毀了一部分，剩下的也全都燻黑了，重新改裝後，住到現在，禎極和家人從此患上火災恐懼症（禎極除了火場熱熱暖暖的印象之外，其他的主要是靠家人重複恐嚇的記憶，不過，他當時卻最記得，好吃的醬油，原來可以自己製造），只要有一點燒焦的氣味，就會緊張地東翻西找，以爲又有什麼燒起來了。

之後長大些，禎極聽到人家說流鼻血就是火氣大，因此在某段時期，他還眞以爲很多人流鼻血時家裡都會失火咧，每次看到朋友流鼻血，就提醒他說，要小心火燒厝唷，結果都遭人白眼。

除此之外，他印象最深的，就是大三時某次必修物理化學的期中考（這科的確叫做「物理化學」，簡稱「物化」），這本來是大二修的科目，但他很意外地被當掉了，這對他的中庸人生來說，是根本的奇恥大辱，重修就格外重要。

那天考試在晚上，爲何不在上課時間考呢？

「因爲怕有些人不能來考。」教授這樣說著。

這種邏輯眞是奇怪，平常能來上課，怎麼不能來考試，那既然不能來考試，就是平常不能來上課嗎？最後搞得很多不敢抱怨的學弟妹只得默默把晚上預定好的事情挪開來準備考試。

當天下午，就是最後的衝刺期了，禎極中午吃完飯，便卯足了勁，到圖書館抱最後的佛腳，當他正在努力理解一題關於近代物理薛丁格方程式的問題時，某條神經似乎繃斷了，他還聽到那種微弱的、近似彈簧的回聲，他本不以爲意，但當一滴圓滾滾的「阿油」在課本雪亮的銅版紙上映入眼簾時，心中暗叫不妙，只好快步走到廁所，躲到一間隔間去，坐在馬桶上，處理這源源不絕的鼻血。

還是年輕大學生的他，這時還不知道廁所隔間的妙用，當禎極開始上班後，才知道，這種乾淨、清潔、芳香的廁所隔間，原來是最棒最自由的私人空間，凡舉上班時想打混摸魚、想偷休息看八卦雜誌、拆薪水封條、拆公司同事傳給他的情書（那天是四月一號愚人節，這實在有點踰越了他奧美茄男人地位，所以他即使知道是玩笑也喜孜孜地跑到私人空間去拆）、發呆、睡覺，有次肚子餓想偷吃東西但就是不想讓別人看到，他也跑到廁所隔間去吃，更有一次，他陪老闆到另一家公司談生意，到最後關門密談的階段，他也是跑到廁所隔間裡蓋上馬桶蓋呼呼大睡，結果整棟大樓下班後被保全鎖起來他都不知道，拉不下臉求救還誤觸保全，最後是被老闆到警察局提了回來，在公司員工面前訓了一遍，不過，這就是追求自由的代價吧，不自由，毋寧死，更何況這只是被罵一頓，又沒死。

當然，這種流鼻血的慌亂時刻，他只想好好安安靜靜地把血流停，根本還不知道自己後來和廁所的緣分。

他竟然又想到是不是有火災要發生了，他閉上眼，努力用其他的念頭蓋過。

廁所的捲筒式衛生紙他嘩啦嘩啦地抽，十分鐘過去了，金屬製的小小垃圾桶底部，已經有一疊厚厚的染血衛生紙了，本來底部還有一些沾屎的衛生紙，已經被血跡蓋得看不見了，他手上都預備一條捲好的白色衛生紙，適合鼻孔大小的，他靜靜地鬥雞眼看著雙眼間露出鼻孔外的那一截白色衛生紙，聽著自己心跳的脈動（這種時候心跳似乎都特別大聲，好像心臟鼓勵著所有的血液都歡呼著想要逃離這個天天當氣氣的奴隸的封閉的人體地獄），血液因為虹吸作用慢慢一丁點地滲出到原本白皙的衛生紙上，像是化學實驗薄層層析法的試紙，他想到助教說，分子量小的或和流動相結合力較強的，先會被帶走，那什麼是流動相呢？是血清嗎？

「唉唷……」衛生紙又吸滿血，他頭低著向垃圾桶，把紙一拔，幾滴血又「噗噗」地打在桶底，因為衛生紙的關係，已不若先前低下去聲音還有金屬的質感，沒有停止的跡象，他趕忙將新的衛生紙塞上，廁所的小隔間外，零星有人進進出出，有人上完廁所沒洗手（只聽到自動沖水聲，沒聽到水龍頭的聲音），有人在烘手機前佇立良久（禎極自從看過有部電影中某角色在用這種機器烘手時被吐出的火燄把整個頭燒掉之後就再也不敢用這種東西了，更何況，他現在火氣可大咧），也有人到隔壁的馬桶隔間劈里啪啦一陣，連他這鼻子被血液塞住的人還是不免聞到一些味道（幸好不是燒焦味）。

說到塞住，他感到這些衛生紙似乎沒辦法讓這些鼻血滿意，並充當適合的導引道，他感覺怪怪的，說時遲那時快，原本沒有流血的左邊鼻孔，也跑出來鼻血的涓涓細流了，他有點欲哭無淚，只好把衛生紙再塞住，他知道這些血是從右邊鼻孔繞過來的壞孩子，以爲這裡是捷徑。

四十分鐘了，清潔人員來了兩次，都拉過他的門，然後就掃別間了，他突然哀傷地覺得，就算在這裡血崩到乾掉，也不會有人發現他的，他又因爲矜持（不知何故他總覺得流鼻血帶有某種罪惡感，自己默默解決不要麻煩別人就好）所以都不好意思出去找圖書館員幫忙，照理說，十分鐘左右就會好啦，難道是自己的血小板功能發生問題了？或許幾天後別人聞到味道，才會發現這裡鎖著一具血液流盡的乾屍？

或許在知道自己將意識模糊前，得將一隻腳伸出門縫，引起別人注意吧。

他想到之前大學校園裡流傳的網路佚事，這是香奈爾學姊第一次和鼻血同時出現在他的人生記憶中。

聽說某天有人在圖書館念書念到很晚，幾乎都已經沒人了，他在圖書館要關門前去上了廁所，結果聽到廁所隔間有奇怪的聲響，那種肉和肉互相拍打的、規律的聲音，以及壓抑的喘息聲，往廁所隔間底下一看，沒想到除了男鞋之外還看到被踹在一旁歪斜著的金色高跟鞋，某人念書的疲累感突然一掃而空，趕忙回去把所有東西移到最靠近廁所的那張桌子上暗中監視，過不久，圖書館熄燈的廣播響起，一名嬌豔的女同學若無其事地踩著那雙金色高跟鞋喀喀喀地走出來，大約過了一分鐘，一名長得像公車站牌上那個「抓猴」廣告的男生，猥褻地東張西望走出來，那個某人說，他後來選課還遇過那個男的，並且很賤地公布了他的系所，正好是禎極的那個系，雖然不知道名字，可這下大家都明白是誰了。

「那個長得像猴子的，就是某某某吧，要不然我們系還有誰長那副猴頭猴腦的？」

至於女方，大家傳聞就是那位綽號香奈爾的學姊，在這以理科爲主的系中，只有她全身名牌，還有雙金色高跟鞋，聽說她曾經因爲實驗課不准穿高跟鞋和助教爭執了一番，最後也不知道怎麼樣，助教就服服貼貼聽她話，說只要老師沒看見都好。不過大家算厚道，這些事都沒有當面和她求證什麼，倒是沆瀣一氣認爲那男的根本配不上學姊。

這件事就這樣過去了。

但是，如果沒記錯，禎極所在這間二樓的角落廁所，就是案發現場啊，原來愛情和死亡離得那麼近，眞是人之將死其言也善啊！

他眞想把這些話寫在牆上，也想寫些遺言，至少讓大家知道他的身分，不會最後當成無名屍送到醫學院當老師。

這觸發了他的重點了，已經過了一小時二十分鐘，他所有的家當，都還在座位上，他的筆、課本、手機（慘了，他心想）、書包、作業……所有的東西，都在座位上啊，可是現在他血流不止，最後，只能以手沾血來個媲美「南海血書」的「男廁血書」了吧（保證不是僞造的喔）。

一小時四十分鐘，他想起來晚上還要考試，這下子試也不用考了，他決定，靈蛇出洞的時辰到了，希望不要嚇到人。

他選了個聽起來外面都沒人使用廁所的時候出去，先到洗手台把臉擦乾淨，再抽一大綑衛生紙塞在口袋，迅速低頭遮掩回到座位。

青天霹靂，他的座位上已經有個不知名人士趴在這裡睡覺了，他還看到桌子上方貼著大大的「考試期間，請勿占用座位」的標語。

若是平常，他會和那個呼呼大睡的人幹架吧，可是現在他只好默默地走到櫃檯，問有沒有人把他的東西收過來，圖書館員給他一大簍東西，很悲慘地他的鼻血還未止，而且並沒有他的包包和手機（後來證實這些東西都已經神祕地消失了），他只好吸著鼻子和館員說等下再來拿，然後就衝到學校的保健室找醫師。

駐校的是個嫩角，把他的鼻孔用紗布塞一塞，血開始從他嘴裡出來，於是醫師便叫了救護車把他送到大醫院急診室。

（啊……我的考試……）在救護車上，看著遠去的校園，他默默哀嚎著。

當然到最後，急診室的醫生幫他解決了問題，也開了證明，來不及去哀悼他所有遺失的物品，禎極還得低聲下氣去找老師補考。

「你要答應不和同學問題目和答案。」老師看完證明，冷冷地說。

上下交相賊，禎極心想，老師這麼忙，看起來也不可能專爲他多出一份新的考題，他要考得好，就會有被懷疑作弊的風險，考不好，又可能被當掉。這是如何是好？

其實決定最後成敗的都不是上述兩個選項，而是惰性，他在心情大壞之下，當然誰也沒問，也沒複習，就去考試，這樣最輕鬆，這科是「沒念必當、有念還忘」法則的最適科目，他這樣無疑去送死，說好聽，只是爲了證明自己人格的清白，當時不覺得怎樣，後來他才覺得，何必呢？眞該找個同學問問的，反正老師也不知道。

因爲這眞是影響了他一生的決定啊。

他的「物化」眞的被當了。之後又連中一元，大四重修也被當，在大四大部分同學準備畢業的送舊晚會中，他和其他也修過好幾次物化的同學，得了個「物化愛我」獎，連同第一修就高分通過因而領到「我愛物化」獎的同學一起上台領獎，眞是夠殘忍，他還必須在台上強顏歡笑，而且他後來才知道自己是唯一沒在大家都畢業前修過的。

這直接影響到他不能到研究所報到，即使他已經考上了。最後，他延畢一年（因爲他沒過的還是下學期的課），讓大四待的研究室跌破眼鏡（這可是這間號稱只收優秀學生的研究室從來沒發生過的事），他也沒臉回去了，女朋友也散了（這是後話），只好半工半讀到一家專利事務所打工，後來畢業了，當完兵，便留在那裡繼續工作到今天。

鼻血眞是害他不淺，所謂的他唯一幾乎交往過的女朋友，也是因爲鼻血而散的。

他在大四時進了系上的一間實驗室學習，沒想到遇到的，就是已經在念博士班的香奈爾學姊，她還是穿名牌而且打扮火辣，因爲那則網路傳聞，他總對學姊感到尷尬，他卻發現，當年的網路流言，在實驗室是可以公開討論的祕密（只要當事人不在場），可是自己偏偏被分派到學姊所帶領的那組，因此事事都必須和她討論。從白天開始洗試管、配藥品、倒垃圾、查論文、幫學姊看實驗等等大小事，幾乎離不開她，漸漸地，也不覺得學姊和他的距離很遙遠了，除了教他實驗技巧外，學姊有時候也會買些小零嘴來慰勞他當低階勞工的辛苦，他則對於其他實驗室成員說些不三不四調侃她的話感到躍躍欲試。

反正實驗室也沒什麼大事，一件小事就會被跳針似地說上一整天，同樣的話題甚至可以說好幾年，所以其他成員往往是這樣說：

「學姊，今天穿低胸啊，實驗衣可要穿高一點喔，要不然哪個藥不小心灌進去就糟囉。」

「不會啦，會沿著『水溝』排出去，哈哈哈……」

（皮癢啊？學姊白了一眼。）

「學姊，又換鞋子了，妳有幾雙鞋啊？」

（開始以全實驗室都會聽到的氣聲私下討論那雙金色高跟鞋的下落。）

「學姊穿太少了，感冒囉？」

（欠揍啊！學姊會扔下這句。）

學姊總是太不理會這些話語，直到有天，禎極也沒頭沒腦地加入戰局說：「學姊，穿迷你裙時腿別岔開喔。」

學姊竟然以非常複雜又怨恨的眼神，瞪了他一下。其他人沒發現，還兀自笑著，他卻被這樣的神色嚇到了，他開始自責，怎麼可以傷害對他這麼照顧的學姊呢？

那天晚上，在回家的路上，他告訴自己，就算全實驗室都要調侃學姊，他也不行，他要站在學姊那一方，好好捍衛她的尊嚴。

一絲甜蜜湧上心頭，他傻傻一笑。（後來他回想，老練的學姊怎麼可能因爲一句話就輕易受傷，那根本就是勾引男人的媚惑之眼嘛！）

想當年，最後一次的物化之戰，學姊還陪他苦讀，還盡可能地教他呢（雖然他覺得學姊好像也不大在行）。

關係是如何轉好的呢？

學姊本來是有男朋友的，倒不是以前被傳的那位抓猴男，是一名實驗用品推銷員，禎極剛到實驗室時常看到他，彬彬有禮小平頭，西裝筆挺，乾淨清爽，嘴巴很甜（哪個推銷員不是如此？），據說交往的開始是老師派學姊到那家公司學新的儀器操作，幾次上課小平頭都在場，下課還和她一起吃飯看電影，聽說兩個人會一起上夜店，跳一整晚的舞，或許還有別的優勢吧，畢竟學姊也不是純情少女了，後來，就算沒推銷東西，晚上大約十點左右，他都會出現在實驗室，帶點吃的給學姊和留在實驗室的成員，順便接學姊回租屋處，兩人看來挺甜蜜的。

禎極進實驗室時應該是兩人交往的末期了，有時候會聽到學姊用很不好的口氣說電話，有時又近乎哀求，但這一切情緒，轉頭面對他時，都會隱匿不見。而小平頭在實驗室成員的面前，都是必恭必敬，彬彬有禮的。有個星期，兩人雙雙消失了。

其實不會有人太注意推銷員有來沒來，倒是禎極比較慌，沒了學姊就像無頭蒼蠅，也不知道要幹什麼，以爲是生理痛，但是痛一個星期也太久了，打手機都不接電話，老師似乎也老神在在，其他較年長的成員則諱莫如深，要不然就打趣說「她去生小孩了啦」，一週晃晃也就過去了，某天學姊臉色慘白地默默上工，禎極只敢問說：「感冒了嗎？」

「不是。」接著，學姊又開始忙東忙西了。

直到很久之後，某個實驗室只剩下他和學姊的夜晚隔天，眞相才大白，原來那時候分手了，禎極竟沒察覺之後小平頭來的次數遞減，最後終於消失不見。

那天，也是快要做實驗室報告的前幾個晚上，禎極和學姊奮鬥到很晚，實驗室的人一個個和他們說再見，兩人在電腦螢幕前皺眉修改，不知道何時，學姊的手放到了他的膝蓋上，當他意識到時，學姊的手竟然沿著膝蓋的輪廓摩挲，異樣的感覺浮現，可是他對於報告很心慌，根本沒有時間多感覺，只訕訕地和學姊說：「唉唷，會癢耶。」學姊才若無其事地收手。

後來他的報告給老師大加讚賞，他便說出了生平第一次的奉承話：「都是學姊教得好。」當然，事實也不遠，學姊晚上獎賞了他一客校外的平價牛排，還帶他上夜店大開眼界，最後，學姊在醉意的侵襲下，和他說出了那次消失的原因。

「就分手囉……」

「男人就是男人，總是認爲女人要比較低等，自己是工專的學歷，吵架辯不過我，就說我拿博士頭銜來壓他……」

「我鼓勵他去進修，他也只當耳邊風，還拿他媽來壓我，說女人就不該讀那麼多書……」

學姊沉默了半晌，似乎在努力在斟酌下決定似的。

「上次，不知道是誰和他說，他竟然拿那個廁所的事情來質問我，質問耶，不想想他自己是什麼東西……」禎極第一次聽到那件事從學姊的口中說出，心中直冒冷汗，看樣子事情可能是眞的，不是謠傳了，他還是裝傻說，什麼事啊？「不要裝了，我知道你們私下都在說，告訴你，是眞的又怎樣？是假的又怎樣？我又不是處女（乾嘔了一下），和你說這沒關係，反正這年頭哪個交男朋友的不希望來那麼一兩下刺激的？男生也想啊……換成是他還不是一樣，禽獸……」

香奈爾又嘔了兩下，禎極雖然處在極度震驚的狀態下，還是想把她帶到廁所去，她瞇著眼揮揮手，要他送她回家。

禎極叫了台計程車，把她送了回去，門一開，禎極嚇到了，整個套房，除了床書桌和電視，就是一堆縫紉的工具、布料、名牌的小 Logo、時尚雜誌，剪裁一半的衣服，學姊在做家庭代工嗎？

「哈，被你看到了我的祕密了哈哈哈……」學姊抱住他。他才頓時明白，學姊身穿的一身名牌，都是自己一針一線做的，或許那些名牌鞋子和包包，也都是A貨吧。

所有的一切公開後，禎極有點同情眼前這個目光渙散，頭髮亂掉的女人，學姊開始哭，他手足無措，看她並非不醒人事，只好要她自己多保重，時間不早了，要先回去了。

「你，是不是禽獸啊？嗯？」學姊竟試圖挑逗他，抓了他的大腿，他嚇了一跳，在什麼都還來不及解釋之下，就趕忙先逃出去了。

回家的路上，他後悔又懊惱，但心也很慌亂，這種關係是正常的嗎？這樣是對的嗎？明天要怎麼面對她呢？

回到家，一下子太激動的心情實在難以入眠，凌晨時分，他只好坐到客廳看電視，電視上電影台正播放著《倩女幽魂》的電影，王祖賢和張國榮那種天地不容的人鬼戀，讓他覺得要麼就要抓住那愛的一瞬，永世不得超生，要麼就是把她當鬼物，斬得她魂飛魄散一了百了。

他已經回不去嘲笑學姊的那邊了，就這樣吧，雖千萬人吾往矣。

這大概就是少年「維持」的煩惱吧。原來他這麼無聊的人，也有為情所困的一天。學姊白皙的皮膚、深邃的大眼睛、勾人魂魄的睫毛、挑染的金色秀髮、秀髮飄出來的洗髮精香味、柔軟的身體（他這才發現自己根本不知道摸到了學姊的哪個重點部位）、那條滑落的細肩帶……（他突然覺得這好像是典型A片女主角的特徵，當然啦，學姊風塵味沒那麼重）剛才是燕赤霞上身嗎？要不然怎麼可以那麼有定力地脫身呢？他躺在床上又甜蜜又憐惜地哀嘆著。

他覺得前二十一年都白活了，這下人生才真正變成彩色的。

他含笑入睡。

現在，他則飄飄然躺在床上感冒，擤鼻涕還不時見紅，想到這段不堪回首的往事，最後還是被無止盡的鼻血所搞砸了。

情況也很簡單，兩人之後真的就開始曖昧了，純情的階段就那麼一下下（大概學姊可憐他沒真的談過戀愛吧？），手牽手去逛街、看電影、照大頭貼，平日，他騎腳踏車避開實驗室成員，載學姊去買午餐晚餐，學姊會側坐摟著他的腰頭靠在他背上，一派甜蜜，然而只要一進實驗室，都是一個在外面稍等，絕不肩並肩，這個在實驗桌前坐下，另一個就馬上去做別的事，總之還蠻錯開的，不讓實驗室的人有多餘的把柄話題可聊。

不過，再嚴密的把關，逛街時，還是被實驗室的碩士班學長發現了。他心想慘了，不知道會不會被拿來當成實驗室笑柄，可是第二天那位學長滿臉嚴肅地把他拉到大樓的角落，語重心長地說，平常大家開學姊那種玩笑，就是因爲，誰都想她，但誰都玩不起她，和她來，就是玩火啊，你知道那個傳說中在廁所的那個男的就是我同學，說學姊哪方面都索需無度，看她那身名牌，就是那男的拚命打工給她買的啊，結果後來打工打到二一，沒錢了，學姊照樣不留情面把他甩了，你以爲那個推銷員是怎麼分手的啊，還不是受不了學姊的花費啊。

「我和她只是普通朋友好嗎。」禎極馬上脫口而出全天下的祕密情人都會在第一時間說的話。他很困惑，想爲學姊辯護，那些前男友們可能都只是爲了打腫臉充胖子說謊而已，可是這下又不好意思承認去過那個地方，而且到目前爲止，他付過的也只有零食錢而已，這難道是熱水煮青蛙的開始嗎？學長說，少來，手牽手普通朋友啊，你大概還沒幫她買過名牌吧，警告你，最好去注意看看那些名牌貨的價錢是多少，有個心理準備吧。

然而，還來不及有心理準備，某日，買晚餐回來時（午餐日正當中還不敢），手就不知不覺伸到前面了，並在他耳畔吹氣如蘭，笑吟吟地威脅他：「要不要來我家坐坐啊？啊，有事啊？明天就不用來實驗室囉。」美色當前，他也顧不了那麼多了，既緊張又期待，結果，還在前戲，衣服才拔一半，鼻血就直直落下。

「不要緊，一下應該就會停了。」禎極馬上衝到浴室沖洗止血，學姊也來噓寒問暖，結果，又來了，十分鐘、三十分鐘、五十分鐘，學姊本來還試圖吹吹他的耳朵，舔舔他半裸的肩膀，他感到一陣哆嗦，全身都快飄起來了，心中眞有無比的舒暢和懊惱，他又想享受快感又得保持冷靜處理源源不絕的血液，怎麼會在這節骨眼流鼻血呢？上下齊手個半天還在流，學姊索性直接去看電視，做自己的手工活兒，對著時尚綜藝節目笑半天。

最後他滿臉血探出頭來帶著鼻音和學姊說，抱歉，可不可以叫台救護車？

一支電話朝他飛來，他接住，上面沒按緊的鼻子馬上又血流不止。

學姊已經被電視上的時尚節目黏住了，聽到救護車聲音時，是他自己默默走下樓梯上車的，臨走還問學姊等下要不要回來，學姊頭也沒回，揮揮手說你回家休息吧，一滴精十滴血，你現在還想玩恐怕就做鬼也風流了。到醫院，他還發現自己釦子扣錯，拉鍊沒拉，內褲露在外面……非常狼狽。

後來兩次都是這樣，這根本是上天存心阻攔啊，有一次是考上研究所後兩人歡慶，也是衣服還沒脫就發作，幸好這次在賓館隔壁就有家耳鼻喉科診所，有一次還只是約去看電影，他一見到學姊，馬上血管爆裂，又以送急診作終。他這輩子沒有流鼻血流那麼密集過。

這下眞的尷尬了，後來他又沒辦法畢業，考上的研究所也無法入學，學姊開玩笑似地耷拉下臉和他說，沒再考進研究所，就別來找她。

他後來根本就沒再考了。學姊也沒聯絡了。

這難道就是玩火的後果？然而最慘的是，他其實什麼火也沒玩到，就像燃燒濕材，火沒點著，卻被燻了一臉的煙。

許久以後聽實驗室的人說，學姊畢業出國了，從此，更沒有第二手或第三手學姊的消息了。

進了公司，無感的生活就這樣日復一日，心情不好時裝病請一下假，他員工旅遊也參加，公司特殊的歡送會或是祝壽趴都不缺席，如同應付他的朋友們一樣，不過覺得世界上的事都隔著一層紗，和他既有關又無關。他從來就不相信螺絲釘理

INK PUBLISHING 讀者服務卡

您買的書是：______________________________

生日：　　年　　月　　日

學歷：□國中　□高中　□大專　□研究所（含以上）

職業：□學生　□軍警公教　□服務業

□工　□商　□大衆傳播

□SOHO族　□學生　□其他 ______________

購書方式：□門市_____書店　□網路書店　□親友贈送　□其他 _____

購書原因：□題材吸引　□價格實在　□力挺作者　□設計新穎

□就愛印刻　□其他 ______________（可複選）

購買日期：_______年_______月_______日

你從哪裡得知本書：□書店　□報紙　□雜誌　□網路　□親友介紹

□DM傳單　□廣播　□電視　□其他

你對本書的評價：（請填代號　1.非常滿意　2.滿意　3.普通　4.不滿意）

書名_____　內容_____封面設計_____版面設計_____

讀完本書後您覺得：

1.□非常喜歡　2.□喜歡　3.□普通　4.□不喜歡　5.□非常不喜歡

您對於本書建議：

感謝您的惠顧，為了提供更好的服務，請填妥各欄資料，將讀者服務卡直接寄回或傳真本社，我們將隨時提供最新的出版、活動等相關訊息。

讀者服務專線：（02）2228-1626　讀者傳真專線：（02）2228-1598

廣	告	回	信
板橋郵局登記證			
板橋廣字第83號			
免	貼	郵	票

235-53
新北市中和區建一路249號8樓
印刻文學生活雜誌出版有限公司　收
讀者服務部

姓名：＿＿＿＿＿＿ 性別：□男　□女

郵遞區號：＿＿＿＿＿＿

地址：＿＿＿＿＿＿

電話：（日）＿＿＿＿＿＿（夜）＿＿＿＿＿＿

傳真：＿＿＿＿＿＿

e-mail：＿＿＿＿＿＿

INK

論，一個機器，車子或飛機吧，少了某個螺絲釘，可能會出人命，可是少了他，這個世界搞不好更美好。

更何況，學姊再怎麼火辣，也不會有網路上的裸女來得毫無保留又淫蕩。有時性還是比愛簡單多了。

只是這次流鼻血讓他眞緊張，多年不見的學姊又活生生地出現在他夢中，還讓他又見紅了，這下，不知道又要出什麼亂子了，希望感冒就是那最嚴重的事。

體溫上上下下，即使週末過了也沒好轉的跡象，他把這年剩下的休假大概都請光了吧，這時父親才關心起他來，也才眞正聽進去了他那天晚上爲了流鼻血而著涼的事情，父親不知道哪裡聽到的歪理（父親老是愛看些賣藥的、能量的、氣功的或是其他亂七八糟的健康節目），和他說，古希臘時代有個醫生叫什麼希波的什麼克的（是柏拉圖還是蘇格拉底啊？老爸是不是搞錯對象了，禎極只知道這兩個最多話的古代希臘人，彷彿全希臘古代只有這兩個人，當然轉念一想也是不可能）人說，流鼻血就表示要發燒了啦，所以沒錯啦，你發燒是對的，還有啊，女生那個來，就是可以大量清除身體裡面的髒東西，所以女生比男生活得久，男生就只能靠鼻血或是放血來清啊，所以安啦，你這樣就是在清髒東西啦，這一定是清理過後的那種能量上暫時不平衡的反應啦，就像女人那個來會痛一樣。

「那我打你兩拳讓你流好嗎？讓我多多孝敬您吧。」他對父親翻白眼。

「我活夠了，不用你幫忙。」他作勢逃開，這時看到書桌上的《聊齋誌異》。

「你怎麼買這本書啊？我櫃子裡有啊，還是刻本的唷。我以前自己句讀喔。」

「誰知道你有？我只是想看看自己的文言文程度到哪。反正，從故事入手就沒錯了。」他虛弱地說。

「是嗎？那你程度是多好還是多差呀？」

「一般般啦，不好也不壞，能看得懂就是了。別提了，好像買到這本書後，就很不順，古書就是陰氣重，古代的鬼書陰氣更是重上加重呀！讀一讀就好像卡到陰啦！」

「你乾脆說這些字都是古代就開始用了一兩千年了，一堆死人沾過手，你每次寫的看的，不知道已經是多少死人寫了多少次的字咧！」

「還好我們對文字沒有貞操觀念，要不每寫一次就覺得人家用過，那不很慘？」禎極恍惚中似乎領悟了什麼，於是說：「怪不得胡適要提倡白話，原來字改不了，改句法也爽呀。他搞不好是因爲有潔癖所以不喜歡用別人用過的？」

「你說這什麼鬼話？人家胡適是誰？你這毛頭是誰呀？你以爲胡適腦袋和你一樣裝漿糊呀？貞節牌坊還要用字寫吶！我看呀，你是看鬼書卡到女鬼了，你想當甯采臣呀？看到〈聶小倩〉覺得太爽呀？」

「哪有，電視演得多慘，生離死別，還要嘗樹妖姥姥的口水，而且我的是流鼻血耶，難道我卡到那個來的女鬼（他本來要說學姊）是大姨媽來還是處女，還上下六九的姿勢喔？」他突然覺得自己說太多了，而且父親這種老古板未必聽得懂。他趕忙改口：「那你乾脆每個月定期幫我揍幾拳，放個血好了。這樣我可以活得神清氣爽。」

父親沒理他，只自顧自拿起書本翻找，還碎碎念說書上其實不是這樣寫的，他記得，最後是個「Happy Ending」（他眞的用了英文），甯采臣的後代還做大官咧。

「這年頭瘋了才要做大官咧。」他在床上嘀咕，果眞是正港奧美茄男人。

翻書的聲音來來去去，父親似乎愈來愈著急。

「哎喲，這書邪門喔，怎麼翻都翻不到〈聶小倩〉那一頁……」

「你卡到陰了，去燒個香收收驚吧。」他對父親冷笑著，但林禎極的冷笑也是因爲氣力喪失的緣故，他不想解釋那麼多了。他感到身上一陣冷，體溫上上下下的，大概眞的被女鬼附身了吧，說實在一輩子還沒和女人來過那麼一下，第一次本來要給學姊的，結果那麼多年後似乎仍給了學姊（還是給了女鬼？），然而這到底是女鬼的第一次還是他的第一次（見紅喲？），他也搞不清楚（難道是女鬼、學姊和他的3P？），總之，這實在是很特別的經驗。事情要往好處想，對吧？甯采臣是Happy Ending，他應該也不會差多少。

然而，他在昏睡的過程中，還聽到父親抓著書本慌慌張張跑出房門對母親大叫的聲音。他嘴角露出一抹慘然的微笑，果然，自己成不了大器，也不是沒原因的，有人說看看自己的父親，就知道自己未來的模樣，那就這樣吧……他在還來不及和父親說「這是下冊啦」時，就歪著脖子打呼了。

黑色
蜘蛛網

在古早的年代有這麼一句話，「來來來，來台大；去去去，去美國」，雖然，西方科技先進的國家不只美國一個，可以選擇去留學的國家很多，但這句話多少反映了那個年代裡，對於西方世界的憧憬，以及對於獲取學問的渴望。

時至今日，留學的風潮雖然隨著國內各大學研究所的成立，而漸漸趨緩，教育部也公布，每年留學國外的學生越來越少。這樣子下去，台灣要如何在國際競爭呢？即便如此，渴望留學的莘莘學子們，人數依然非常可觀。與此同時，留學生們的觀念也與時俱進，加上網路的發達，他們的心情和想法也不同於以往，只能靠幾個月一次的家書來抒發，現在各種即時通訊的科技軟體，讓留學的以及想留學的人多有互動，因此，現在國外的研究所留學圈內慢慢崛起的一句話是這樣的，「進去的人死命地想爬出來，還沒進去的死命地想擠進去」，究竟為什麼會這樣呢？我們就從在加拿大留學的安德魯開始看起。

安德魯和其他成績優秀的孩子們一樣，從小就只會念書，雖然他不知道在他的腦袋中裝的知識遲早有忘記的一天（這天比他想像中還來得快），他依然是個孜孜矻矻勤勉好學的人。他的夢想，就是有一天到國外留學，如同他在小時候抓周時抓到的職業是「出國留學」一樣（當時所有人都很高興，出國留學呢！但是他長大後得知此事，不禁啞然失笑，留學，然後咧？）。他如期念完大學，並在大學生涯中努力準備英文，就是爲了將來的留學語文考試做準備。也因爲如此，他還替自己取了個洋名，安德魯，讓大家知道他立志出國的決心。在台灣念完碩士班後，他如願地申請到了加拿大大學的博士班，可以繼續他最喜歡的環境微生物學的研究。

•

「已經是第二十五次啦！」安德魯大吼，無辜的ＤＮＡ濃度測定儀上顯示出負質，ＤＮＡ的濃度呈現負質到底是什麼意思呢？沒有人知道，濃度再小，最多就是個零不是嗎？安德魯已經爲了這個環境ＤＮＡ的樣本卡關半年了，每次萃取ＤＮＡ的濃度不是接近零要不就是負質，這對他一點幫助都沒有。這只是整個環境基因體計畫最初始的步驟呀，爲什麼可以在這邊卡住？

安德魯氣得把實驗記錄本摔下地，迅速回到電腦前，他只想從聯絡人名單中抓一個人好好抱怨一番。他已經無法容忍了。他看到了一個台灣的讀社會科學的朋友還在線上，於是就抱怨了一番他無法成功的實驗。

「我好想去拜龍山寺喔！」安德魯說。如果在台灣，可能還得把供品過香帶回來放在機器前送機瘟，問題是在加拿大哪裡有像樣的廟，就算有廟你也不敢進去怕招惹了什麼亂七八糟的東西。

結果那個朋友很好奇地回他：「你們學科學的人怎麼還那麼迷信？實驗做不出來重做就好了，幹麼還要去拜？」

聽到這話的當下，安德魯差點翻桌，幾乎破口說來來來你來做你來做呀！但當下他當然只是耐心解釋，實驗，尤其是生物實驗，不可控制的變因太多了，你即使照標準流程跑，也不見得能得到理想的結果。有時候同一件事情連做半年都沒辦法得到好結果，就只能去求神啦！

「沒有結果也是結果呀。搞不好有新發現耶！」朋友一副事不關己地態勢說。

這種解釋他已經聽過上百次了，失控的樂觀，無知的樂觀，如果你煮菜煮一百次，你的顧客都說吃起來和餿水一樣，那你會樂觀地強調是新的口味嗎？安德魯繼續機關槍似地傳送訊息，更何況一百次就算是一天一次好了，這也不過是三個多月，嘿，我可是卡關卡了半年耶，六個月，天天都做同樣的東西，雖然說每天都會試試看改變其中一個步驟，但是步驟有多少個，三十個好了，排列組合每個步驟都有三種條件可以試，當我數學不好好了，全部都要試完還要加各種排列組合，少說也有一千種方法可以微調。一千種，一天試一種，也要快三年。三年呀大哥，三年之後還有幾個三年呀？就算三年後得到我要的ＤＮＡ，那也只是整個實驗計畫裡的第一步呀！得到ＤＮＡ的意思就只是你好不容易把木材做成紙漿了，問題是，紙漿有個屁用呀？你還要做成紙，紙上面還要印東西，印東西還要裝訂，裝訂還要拿去賣，是那麼初階的事情你懂嗎？

「所以不要再說我不科學了，哪個神能幫我我就拜誰，這沒有什麼好商量的。」安德魯落下這句話，就把對話框關起來了。

•

就這樣，因爲實驗的失敗，安德魯又再次地毀壞了珍貴的友情。他現在在意的就只是實驗本身的無情，究竟是爲什麼，這麼簡單的東西，會讓他一而再、再而三地不斷重複呢？他的實驗到底有沒有什麼轉機？就讓我們繼續看下去。

•

「這位是我們實驗室新的博士後研究員，她的名字是阿依達，以後你實驗上有什麼問題就問她，她可以幫助你。」實驗室的老闆大衛這麼告訴安德魯。那時安德魯正剛好用了一個類似走後門（但仍可接受）的方式得到了足夠的DNA，正準備告訴老闆這件事，既然老闆這樣說，他就順水推舟地報告了。

「我用病毒的DNA聚合酵素增幅製造出大量的環境DNA了，我想，這樣的樣本應該可以送環境基因體定序了吧？」安德魯說。

當大衛還不知道該如何反應時，阿依達插話了：「這是比較偏門的做法，你是眞的萃取不了足夠的DNA嗎？如果用病毒DNA聚合酵素增幅的話，理論上雖然是等比增幅，但仍可能會產生一些偏差喔。如果做環境基因體定序，最好還是用最粗萃的DNA比較好。」

聽到這番話，安德魯有些喪氣，他解釋說，他已經用過各種方式，包括濃縮、調整酸鹼度，或是延長反應時間，添加其他的化學物質之類的。阿依達聽完後和大衛說：「如果可以的話，我願意幫忙安德魯試試看能不能萃取出DNA。」

這時根本就搞不清楚他們在說啥的大衛終於聽懂了這句話，於是說：「好，那妳就試試吧。」

安德魯這才發現，阿依達的穿衣風格很特殊，這在研究人員裡面很少見。研究人員通常穿著隨便，男性研究員尤其如此，荷葉邊的T恤洗到都快破了，皺紋長褲，有人甚至違規穿短褲（實驗衣加上短褲，從背後看簡直就是暴露狂呀！），或是兩肘邊已經磨破的毛衣，如果能看到一個穿著襯衫的男性研究員，那大概就是要演講或開會吧。女性研究員稍爲好些，畢竟還是多少愛美，但往往沒有風格可言。阿依達的穿著路線堅持哥德風，基本上是黑色的色塊，間以紅色或是紫色的點綴，眼影畫得很深，手上戴滿了各式的戒指，其他配件，像是耳環或是項鍊更是不可少，之後他還看過阿依達頭上插個羽毛，讓人對她印象更爲深刻。

安德魯對女性研究者特別尊重，他共事過的女性研究員，都是思想縝密、做實驗細心、寫研究報告又特別有說服力的，所以當大衛要阿依達來幫他時，他心裡是非常高興的，或許以她的細心，這個問題就可以迎刃而解了。

•

是的，DNA雙股螺旋的結構，如果沒有羅莎琳·富蘭克林奠定的基礎，眾所皆知的華生和克立克，恐怕還得多花二十年，才能解出這個令人瞠目結舌的結構。但是，諾貝爾獎最後卻頒給了這兩個人，雖然羅莎琳當時已經去世，但諾貝爾獎也沒有提起一個字，她的貢獻得靠後人的提醒才爲世人所知。另外，在我們台灣，也有一個諾貝爾獎遺珠，台大農化系畢業的周芷教授，是第一個從動物細胞中發現基中不連續性的遺傳物質，內顯子和外顯子 intron-exon 的人，她當年也是期刊論文的第一作者，結果，諾貝爾獎竟然頒給了她的合作對象，兩個美國的白人佬，她抗議無效（白人都是很耐斯的，這當中一定是有什麼誤會），也就只能含恨至今。周芷身爲亞裔女性，所受到的歧視可想而知。周芷教授現在還好端端地活著，正可證明，做研究是不公平的，也沒有誰知道何時會公平，所以，如同安德魯這樣，實驗做不出來就想求神問卜，似乎也可以理解了。究竟，女性研究者阿依達，到底能不能成功完成老闆大衛交託的任務呢？讓我們繼續看下去。

•

讓安德魯更佩服的是，阿依達是個新手媽咪。她看起來很年輕，身材非常好，哥德式的穿著讓她腰際的曲線畢露，完全不像產後婦女，因爲她的休閒生活就是跳舞。安德魯見過她的老公，是一個褐髮靦腆的科學家，幫阿依達安頓好就離開了。她那時候還會帶著剛出生的女兒到辦公室去，嬰兒總是惹人喜歡的，老闆三不五時過去逗弄女嬰，也喜歡炫耀自己的小孩緣，他說，自己是三個孩子的爸可不是當假的呀。阿依達的老公在八百公里外的一間學校做研究員，阿依達常常和安德魯抱怨不得已的分離，她們只能在週末時到五百公里外的一個城市見面交換小孩。當今又要當科學家又要當母親，實在不是一件容易的事情。安德魯實驗室的人知道她的狀況後，都覺得她很偉大，對她更是尊敬了。

　　阿依達替安德魯打了幾個電話，詢問了一些技術支援的人，他們提供的方法不外乎就是一些安德魯已經用過的，有些人還順便又推銷產品，於是他們也試了一些其他的DNA萃取試劑。即使依然沒有結果，但是有個人在身邊能傾聽抱怨，讓安德魯心情好多了。他們常常訕笑那些做動物或細胞實驗的朋友，因爲他們從來沒有受過抽取DNA的挑戰，這些人隨時能得到的DNA數值都是五百以上，安德魯和阿依達能得到的數值對他們而言不過是零頭，差那幾個個位數根本就沒太大的問題，但對安德魯及阿依達來說，這些零頭就是全部呀！他們很阿Q地覺得自己做的實驗比他們的更意義多，環境微生物的樣本是上山下海找的，他們是眞正的冒險家，而做動物細胞實驗的人的樣本，恐怕是別人寄給他們的一個細胞株而已。

「他們搞不好做實驗做到連動物有幾個頭幾隻腳都搞不清楚吧？」安德魯嘲笑著，事實上，安德魯其實很羨慕他們不用和DNA搏鬥，自己和阿依達灰頭土臉卻得不到什麼。患難見眞情，安德魯和阿依達的友情也日益增加。

又忙了三個月，大衛有一天忍不住進實驗室問到底好了沒？阿依達也乏了，於是問安德魯之前用DNA增幅酵素達到足夠量的樣本還冰著嗎？安德魯當然還存著，阿依達就說服了老闆用那個樣本。

•

基本上，安德魯和阿依達這三個月眞是白忙，但是，博士就是博士，說話總是比較有分量，樣本送出去後，阿依達和安德魯終於鬆了一口氣，於是，他們兩個決定到酒吧喝酒。常言道，一醉解千愁，醉翁之意不在酒，在酒精催化的狀態下，他們究竟會發生什麼不可告人的事情呢？就讓我們一起，繼續看下去。

•

安德魯也邀實驗室的其他人一起去酒吧，但是，實驗室的人對這次聚會好像有點意興闌珊，只有一個人到，坐了一下就說還有實驗在跑，喝完一杯啤酒就走了，安德魯和阿依達兩個人繼續喝，喝得有點開了，就開始說老闆壞話。

「他要我們搞這些，自己都不懂呀。」她開了個頭。

「對呀，我和你說，他連DNA序列的比對過程中出現gap都不知道是什麼意思呢。」安德魯笑說。

「這些東西比較新，他應該沒學過。我以前去圖書館找過他的博士論文，他有一部分博士研究是做蛋白質的。結果，前一陣子，他要我想想看做蛋白質體的東西，我收集了資料，和他討論一些器材的設置，結果他也非常狀況外耶。」阿依達說。

「拜託，gap耶，我當初也沒人教呀，但一看就知道啦，這個有什麼好不懂的呀？」安德魯說，接著喝了一杯酒又說：「他早就有蛋白質體的想法了，以前和我提過，假如他有經驗的話，要設置實驗台根本就三兩下就弄好了，我也有蛋白質實驗的經驗呀，和他說他也不理我，你說得對，他根本就狀況外，你說他那個博士班的研究，搞不好是誰幫他做的。他最在行的就是抓關鍵字，開口閉口都是最新的科技詞彙，這樣才能從上面騙到經費呀。上面的人以為他會用這些詞，就懂這些科技，他充其量也就是個政客呀！」

阿依達微笑著表示同意，在酒精催化的迷濛狀態下，她更顯得美麗動人。酒吧有個小舞池，這時已經有幾個人在跳舞，她把安德魯拉著去跳舞，他跟了上去，隨意扭動肢體，她則靈巧地在他身邊竄動……

•

這時，安德魯的腦海中，浮現了去年研討會的情景……

•

那是酒酣耳熱的最後一天的晚宴。

晚宴前的雞尾酒會是研究生的最愛，所有平常在菜場看到都買不起的高級食物，全都擺在面前任人取用。藍起司、布瑞起司、瑞士起司、卡摩博起司、南非的夏多內白酒、義大利的慕斯卡多白酒、法國香檳、比利時啤酒，以及其他好吃又不沾手的手指點心，大家就在歡樂聲中一個接一個，一杯接一杯。安德魯微醺到餐桌上，看著前台的評比頒獎，自己竟然沒有份，這對於從小成績就很好的他是個很大的刺激，他只好拚命灌自己酒。主菜上來時，舌尖都已經麻木了，只是自顧自地和身旁的朋友們處於高亢的情緒。主菜反而沒有比雞尾酒會的食物來得讓人眼睛一亮，清一色就是各種排餐。那排列組合也不過就是牛肉雞肉魚肉和素菜的差別，魚除外，其他都是一個「硬」字可以概括。

等到大家都吃得差不多時，燈光一暗，音樂響起，中間的空地就變成了舞池，安德魯和其他人跑到舞池稍爲扭一下身體讓不快的情緒和酒氣散去。在舞池當中，他看見老闆和一個黑衣女子共舞著，她的靈巧身軀讓老闆的動作顯得遲鈍又笨拙。安德魯和同事們見到都在一旁偷笑。

「那不就是阿依達嗎？」在學校酒吧和她共舞的安德魯，突然想到這件事。不過，跳舞就跳舞，也不需要想那麼多。阿依達的眼神很媚，她看著安德魯，摟著他的後背，突然，他感覺到背部有一些騷動，阿依達的指尖伸進了他T恤的下襬，在愛撫他的背部。

身爲一個宅男研究生，本來就不指望能得到多少女生的青睞，此外，亞洲男性，在歐美人肉市場更是不吃香，此時的安德魯，竟然興起了想入非非的感覺。至少，他很久沒有享受有人撫摸身體的感覺了。在跳了兩支舞後，他卻覺得不太妥當，眼前這個人是個媽呀。雖說人妻最好玩，但沾上手就會是個麻煩，以他一個外國學生而言，很難玩得起。於是，過了幾分鐘，趁著音樂變換的空檔，他巧妙地把身子挪了一挪，鬆開了她的手，然後故意跳起了很嗨的獨舞，和她說想要喝點酒，就漫步回座位上了。她又繼續跳了一會兒，舞池裡沒剩多少人，有人上前和她跳了一回，她就回到座位上了。她的眼神依然嫵媚，卻帶點失落。她磨蹭了一下安德魯的腳。

他知道，阿依達在給他下最後通牒了，這次若沒回應，之後就沒機會了。安德魯在天人交戰之下倒抽了一口氣，然後和她說我得先回家了掰掰。

他不敢看她的眼睛。

那天他整夜在床上反覆排練著，如果答應的話，接下來可以做什麼事，不過這都沒有用呀，真是悔恨。

第二天，他帶著熊貓眼進實驗室，一切如常，彷彿什麼都沒發生，安德魯鬆了一口氣。接下來的日子過得很快，她和老闆去了一趟樣本地花了十天，足夠讓安德魯的心冷靜下來可以好好完成第一篇要投稿的期刊論文，那可是他之前兩年的研究成果呢。

實驗室接著有個重大消息出現，老闆要接受第二個博士後研究員，也是女性，但是未婚，叫作蓮娜。

•

博士後研究員，是一個研究室執行研究的主力，他們已經經歷過博士學位的洗禮，理論上，擁有完整獨立思考以及研究的能力，對上，可以和實驗室老闆協同規畫實驗室的走向和經營；對下，可以協助管理實驗室的研究生，替他們分憂解惑。如果以政府分工來比喻，老闆就像是總統，博士後研究員就像是行政院長。除非一個實驗室人員眾多，計畫繁雜，否則在一個小型的大學研究室中，一個博後就足以應付了，俗語說，天無二日，民無二主，在一個小小的實驗室裡，突然再多了一個博士後研究員，就像是多頭馬車一樣，讓人感到五馬分屍。這樣的事情，阿依達眉頭一皺，覺得必須要有所行動。究竟，她會產生怎樣的想法呢？就讓我們，繼續看下去。

在他們在處理採回來的樣本時，阿依達和安德魯說，聽說蓮娜已經做過兩次博後了，這個是第三個，她是老闆收下她的，老闆一時心軟，就放她進來了。

安德魯聽了大驚，直呼：「不會吧？我如果念完博士，我還要做三個博後呀？」

阿依達用敷衍的語氣回答說：「不會啦，我們都不會的！」她想把話題拉回去，於是說：「到現在都還沒找到正職，不知道到底是何方神聖？」

「啊呀眞可憐呀，我希望我以後不會這樣。」安德魯其實已經聞到一絲火藥味，但是他決定先捻熄這個引線。他想，博後的戰爭就留給博後就好，他這個博士生還是不要涉入才行。

安德魯也觀察到，蓮娜正式入實驗室時，大家似乎都對她有點冷淡，不知道阿依達私下已經和多少人「溝通」過了。蓮娜人很熱情，爲了想盡快融入實驗室的環境，她總是和人說，你下次要做實驗的時候記得要找我呀，我想在旁邊看一下知道你們在幹麼。

結果只有安德魯通知蓮娜。那次他正在處理一個新的樣本，就到了辦公室和蓮娜說，坐在旁邊的阿依達給了他一個「歐買尬」的白眼。蓮娜整個人事不知地雀躍跑進實驗室看安德魯做事。

蓮娜畢竟是拿了博士的人，說話很直接，加上個性急躁，明明是安德魯在做實驗，她卻在旁邊比他更著急，不時提醒他這個東西要弄好，那個東西要小心，安德魯被搞得很煩。她對人的肢體距離異於常人，一急下來，往往就直接抓住他的手，常常讓安德魯嚇一跳，一場實驗帶完，安德魯整個人也精疲力盡。然而，不在實驗室的場合下，蓮娜本身倒就是個單純的人。

安德魯卻在偶然的情況下發現，阿依達漸漸不太遵守實驗室的公約了。實驗室因爲需要用到致癌性質的DNA染色劑 EtBr，所以規定在 EtBr 實驗區域工作時，一定要戴藍色的手套，反之，離開那些工作區域時，藍色手套一定要拿下。在其他的工作區用的手套是紫的。安德魯卻看到了阿依達好幾次戴著藍手套交東西給蓮娜，蓮娜似乎也不在意，這樣下來，變成安德魯在摸完她們用藍手套所觸碰過的東西後，都會緊張兮兮地趕緊去洗手，以免沾染上了致癌毒物。

•

那年六月，安德魯終於再次回到了故鄉台灣，進行了爲期三週的假期，好學生衣錦榮歸，親友們的歡迎自不在話下。但是，月無三日圓，此時的他，卻從老闆那邊收到了一封電子郵件，郵件是定序公司發的，告知他們上定序公司的FTP下載環境基因體的序列，興高采烈的安德魯隨即前往了FTP，卻發現要密碼帳號。然而，信中並沒有提及這件事。安德魯心想，他馬上就要回加拿大了，就等假期過完去處理，但是過了兩天，阿依達的信卻讓他眉頭一皺，究竟，這封信裡面到底說了什麼呢？讓我們繼續看下去。

•

阿依達用很興奮的語氣寄了一封信給大家，說她已經分析出裡面有幾種似乎很有趣的微生物了，安德魯很錯愕，當下就寄了信給老闆和阿依達，說我很驚訝阿依達已經在分析了，可是這是我第二個計畫，從採樣到萃取都幾乎是我包辦的，老闆也一直說這是我第二篇期刊論文要發表的內容，怎麼會先交給她處理呢？而我連

FTP密碼都沒有呀。

安德魯的信寫得義正辭嚴，就像是老婆初夜權被領主奪去的丈夫那樣，覺得委屈滿溢。阿依達若無其事地回信說，她只是做初步分析，以後還有很多事情可以忙的。安德魯當然知道，但這可是他忙了快一年的樣本呀！

他回到實驗室的那天，阿依達沒有提起這件事，卻突然笑容滿溢神祕兮兮地走到他的座位來，告訴他，蓮娜正在一點一滴入主所有人的計畫，她總是希望能參與所有事情，但是老闆交給她處理的儀器卻怎麼也搞不定。她語氣一轉，反問安德魯：「你不覺得她很侵犯人嗎？」

他歪著脖子想一想，搖搖頭。

「好吧，或許還沒輪到你。蓮娜現在每天都會寄三封到四封電子郵件問我一些非常私人的雞毛蒜皮的瑣事，像是下班要去哪，幾點送女兒去托兒所，然後在別人問我問題時，她就直接插嘴，有夠沒禮貌的。」

「也許她愛妳吧？」安德魯試圖緩和不太好的氣氛，阿依達卻也沒笑，他只好順著她的問題說：「好吧，我想到了，她好像和我說話時會一直碰我，有時我會被擠到角落，得要她過去一點她才會挪回去。」其實，他也覺得這件事情還好而已，有女生一起磨磨蹭蹭的，也是實驗室生活的一點小確幸呀。

「這就是了，總之，如果你覺得她對你又有不禮貌的行爲，記得告訴我。」

「對了，阿依達。」他突然想到某件事：「那個，我之前有時候看到你會把藍手套戴到非 EtBr 工作區，我想要請妳稍微注意一下，畢竟，對妳自己也好嘛。」

她頓了一下，似笑非笑地說：「有嗎？可能我忘記了，下次我會注意的，謝謝啦！」

就這樣，她轉身回辦公室，安德魯才想到FTP的密碼還沒要，這天見到老闆，他也只給安德魯一個意味深長的表情。他後來是跟蓮娜拿到的。他自問，奇怪，爲什麼大家都拿到，只有我沒有呢？我不是最該有這組密碼的人嗎？

•

實驗室的工作是馬不停蹄的，安德魯回到加拿大後，除了分析環境基因體的資料外，他第一篇投稿的論文，也漸漸成形，忙碌的大衛並沒有時間給他意見，於是就把修改論文的工作交給蓮娜，蓮娜和安德魯的互動就日益增加，時移事往，這篇論文也來來回回修改了兩個月。就在這個時候，國際研討會又即將到來，愛省錢的大衛，只願意讓博士班以上的人去發表研究，蓮娜進實驗室的日子早就錯過了報名日期，因此，只有阿依達和安德魯前往，省錢省到底的大衛，竟然要阿依達和安德魯共用一間旅館房間，即使房間有兩張床，安德魯還是覺得很尷尬。這趟研討會的行程，會讓他們擦出怎樣的火花呢？讓我們繼續看下去。

•

這是他們領域中的第一線研討會，光是平行的演講就高達六個，與會人士總共上千人，老闆在得知了有些已經畢業的實驗室成員也會去這個研討會時，難得大方地告訴阿依達說，記得請他們喝酒，算在我帳上。

第一天到的時候，他們就在大會場上把實驗室的前成員都號召起來了，一起找了間酒吧喝酒。安德魯第一年進實驗室時的博後東尼也在場，他很久沒見到東尼了，十分開心，這幾年下來的委屈只能一直和東尼說。其他的人聽到，也開始抱怨起了大衛，說他如何沒有知識，對於研究完全幫不上忙，安德魯聽到覺得很溫暖，終於有人可以理解他的難處了。阿依達像是跟風一樣，說了一些和老闆單獨在野外採樣時，她所受到的委屈，安德魯聽得有些驚訝，因爲老闆試圖性騷擾她，實驗室畢業的博士生路克見狀，趕忙扶著她的肩膀安慰著，大家則搖頭嘆氣，說老闆這樣也太不知道進退了，要阿依達去告他，阿依達說，帶著小孩的人，找到一個職位已經不容易了，如果沒有更嚴重的事情發生，她也寧願忍一忍。後來不知道怎麼，阿依達話鋒一轉，說老闆之前收了另一個博後，蓮娜，這人倒是個眞的麻煩，不但實驗一項都完成不了，卻希望能參與所有人的實驗，所有人的進度都被她拖累了，實在是很糟糕。阿依達說得口沫橫飛，像是把這幾個月從蓮娜那邊給她的怨氣都一古腦地傾訴出來，不時還轉頭要安德魯也一起證明她說的是眞的。

「對呀，蓮娜已經鬼打牆般反覆改我的第一篇論文到我受不了的地步了。」安德魯勉強地幫腔。

東尼在一旁微笑地聽著，藉口第二天要報告就先行離去，安德魯覺得有點晚了，就和東尼一起走，他出酒吧的門時，看到阿依達和路克的手在桌子底下牽在一起，他的心底突然一片惆悵。

在回旅館的路上，東尼和安德魯說：「你不會參與這樣實驗室的鬥爭吧？」他一怔，突然有點酒醒，知道東尼指的是什麼，於是說：「不會的，我也只想保持中立，好好完成我的博士學位。」

東尼微笑地點點頭。

那次的研討會很精采，安德魯第一次參加那麼大型的會議，他被許多新的研究點子激盪出許多的想法，他也很喜歡和人討論，在討論的當中，能激盪出的想法實在是太多了。他興奮地和阿依達說，而且非常期待阿依達的口頭報告，他希望能在報告後聽到其他人提出的問題。

然而，安德魯在聽到阿依達的報告時，卻感到有些不知所措。這個報告大部分的內容，就他所記得，是實驗室一名已經離開的大學專題生，安潔拉的成果報告。安潔拉開始做這個實驗時，阿依達還沒進實驗室，安德魯常常幫助安潔拉解決問題，而到最後，安潔拉也有把結果報告寄給他一份。規矩的一篇報告裡，問題意識和結論都和實驗的成果緊密連結。

他印象很深也很感慨，因爲，似乎所有大學生的實驗都很順利，包括他自己以前在大學時也是如此，像是老天設下的甜頭，告訴他們，研究就是這麼容易。然後，當眞正踏入研究的世界後，研究就翻臉不認人直接給予重大打擊。但幾年下來，他也明白，失敗才是做研究的眞諦，有了失敗，才能明白研究成果的可貴。面對安潔拉的成果，他竟也微微地心生嫉妒，畢竟他那時候就正在卡關呀。

當時，安潔拉竟然不小心懷孕了，如同很多女孩子，有了孩子就改變了想法，對學問的追求就沒那麼汲汲營營，幸好她的男朋友也很負責任，兩人於是直接投入就業市場。相比之下，阿依達對研究刻苦的堅持更顯得難能可貴。老闆也顯然把這份研究報告交給了她，阿依達進行了後續的研究。憑阿依達的頭腦，她的確又將這份研究做了更深入的解析，加入一樣額外的分析，獲得了滿堂采，但是，不論是在作者的欄位或是在致謝的欄位，安德魯都沒有看到安潔拉的名字（他甚至覺得自己也應該在感謝欄上）。他不知道阿依達是否和安潔拉私下有什麼共識所以才這樣做，但他深深覺得這樣十分不妥。

回到旅館後，他用輕鬆的語氣問了這件事：「妳有看過安潔拉的研究報告嗎？」阿依達也很輕鬆地回問：「安潔拉是誰？」

安德魯心中暗自深吸了一口氣，這就是要他別再問下去的意思了，所以他接著說：「噢，一個實驗室之前的成員，她的研究你或許可以參考一下，或許對妳今天的報告會有幫助。」安德魯和安潔拉交情也沒多深，他犯不著替安潔拉強出頭。阿依達說，好呀。然後她話鋒一轉，就說要出去玩了。自從到了研討會後，阿依達似乎更年輕了些，大概因爲遠離家庭和孩子，終於可以解放一下了。不過安德魯覺得她玩得也有點誇張，因爲她幾乎天天都凌晨三四點才回到房間裡。

不過，這都是她自己的事情。安德魯常常看著隔壁空蕩蕩的床位，惆悵滿腹地入睡。

最後一天，要離開研討會的早上，安德魯才發現阿依達前晚徹夜未歸。他必須要趕中午的飛機，身爲室友，他覺得必須搞清楚對方會不會回來退房，因爲是他用信用卡入住的。到時候發生什麼事，紀錄可是在他身上。

他電話也打了，電子郵件也發了，社交網站上的訊息也傳了，可是卻一直得不到她的回應，後來他忍不住，終於在社交網站上她的留言版寫著，他很擔心阿依達怎麼了，如果有人知道她的消息並且能聯絡得上她，請她趕快和安德魯聯絡。

就在他眞的沒辦法要離開房間前的五分鐘，阿依達打電話來了，電話的背景非常安靜，她的聲音則很乾燥，要安德魯不要擔心先離開，她會回來退房的。安德魯風風火火地就走了。

在機場時，安德魯看到路克緊張兮兮地來到，看來也是趕飛機，他上前打招呼，隨口寒暄，提到阿依達整晚都沒回旅館時，路克和他眨眨眼小聲說：「放心，在我那裡。」安德魯即使不意外，一時也不知道該作何反應，只喔了一聲，藉故得去機門了，就先離開路克那。在登機前，安德魯使用了一下網路，看到自己在阿依達的社交頁面的發文群組被刪掉了，在那之前，通知顯示她的丈夫似乎發表了什麼，但他已經沒有機會得知了。

回到實驗室時，安德魯繼續和蓮娜來回改第一篇論文，他其實已經被搞得精疲力盡，雖然蓮娜一直鼓勵他說這件事情已經快結束了，但當同樣的地方改到第十次時，他已經不相信這篇論文會有能發表的一天了。有一次，他和阿依達說，好累呀，不知道蓮娜還要改到何時。阿依達和安德魯說，要發表期刊論文就是這樣呀，來來回回改好多趟，但是你要記得，這篇文章是你的，你是最後決定該怎麼改的人。

他轉念一想，遂主動提起讓阿依達幫忙的可能性，希望她能幫他修改已經讓蓮娜鬼打牆似改快三個月的第一篇論文。另一方面，他也想要藉此迂迴地向阿依達示好。至於這樣的示好到底是什麼意義，他自己也搞不大清楚，他覺得好像仍挺愛慕阿依達的，而科學家能給予的最好禮物，就是合作的機會。至於她是人妻這點，現在，安德魯反而覺得這比較像是某種安全距離了，表示說，即使發生了什麼事情，他也不需要負太多責任。然而，這也只是一種非常絕望的愛慕。

•

安德魯深知自己的無望，然而越無望，越是要試試看，到最後得到的反饋就會更大，這就是所謂的「實驗的精神」吧？

•

阿依達倒是老實地和他一來一往地改著第一篇期刊論文，安德魯覺得她每一個更改的字以及加註的問題都像是情書，他回答得認眞，改得也認眞，過了一個多月，卻也乏了，他不知道這樣曠日廢時地修改到底有什麼意義存在。阿依達總是說，就快改好了，下一次應該就沒問題了，就像是一千零一夜的雪哈沙拉得，在蘇丹面前拖延著什麼，但是他又不是蘇丹，他覺得阿依達也和蓮娜一樣，開始進入鬼打牆的階段了。他覺得很疲憊，到底還差多少？就像是走在沙漠中，以爲過一個沙丘就可以找到綠洲，卻在爬過無數個沙丘後，永遠無法找到那個傳說中的泉水。安德魯的意志力慢慢地乾涸。

●就在此時，安德魯的老闆，大衛，突然發了一封郵件給他，讓安德魯驚懼不已，平常號稱大胃王的安德魯，竟也爲之食不下嚥了。郵件的內容到底是什麼？讓我們繼續，看下去。

●

「你給我說清楚。過來找我。」這是老闆寄給安德魯的信的開頭，接下來就是一大篇的轉寄信。

嗨，大衛：

現在如何？我在這個研習會中學到很多新的統計處理方法，同時，我也抽空修改安德魯的期刊論文，但是，我不知道我該如何下手，一方面，蓮娜修改過的版本讓我很驚訝，因爲這完全不像是一個得到博士學位的人該改成的樣子，所以我改得很辛苦，也加註很多地方要安德魯修改。但是，更讓我驚訝的是，我上次要他修改的地方，他卻一個字都沒有改，我不知道爲什麼會這樣。如果能得到你的准許，我希望能有充分的主導權修改這文章，否則，我覺得我很難幫下去。

阿依達

阿依達正在另一個城市參加研習會，信是這天早上寄發的，在她強調安德魯一個字都沒改的部分，是用加粗的紅色字體標明的，他很疑惑到底是發生什麼事，最有可能的就是把檔案寄錯了，他把一週前寄給她的信調出來，再比對檔案夾中的版本，並沒有錯誤，那到底是哪裡出問題呢？安德魯十分緊張，因爲這封信來者不善，老闆顯然非常不開心，要不然不會丟下兩句話連署名都沒有？

他趕緊把修改前和修改過的版本各印了一份，裝訂好，心情忐忑地去敲老闆的門。門還沒敲，就已經看到半掩的門內他走來走去的焦躁神情。

「大衛，我收到信了，我……」他還沒把話說完，老闆就帶著惱怒的語氣切入：「安德魯，你好好給我解釋清楚，爲什麼阿依達會這樣說你？」

「我不知道她爲什麼會這樣說我，我都有改呀，如果我沒改……」

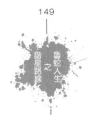

「所以你眞的沒改?」

「聽我說，這邊有兩個版本，一個是改之前的，一個是沒改的，請仔細看看。」他顫抖地說。

老闆把兩個版本拿去，隨便翻了幾下就說：「我才沒時間看呢，如果你有改的話，阿依達爲什麼會這樣說你?」

他整個人傻眼，哀嚎：「老闆，拜託，求你看一看好嗎?我沒有騙你。」

他又隨便翻了一下，找出一個句子，說：「你看寫這什麼爛句子，爛英文，這叫有改過?阿依達會這樣說你果然事出有因。」

「可是，我眞的有改呀，如果句子還不夠好，告訴我，我繼續改嘛。」

「告訴你有用嗎?阿依達花那麼多時間幫你改你也沒有改。」

「我，有，改。」他用堅定但是凶狠的語氣一個字一個字說，他眞的很生氣，未審先判，那都聽阿依達的就好啦，何必要他現身解釋。

「你給我出去!」老闆大吼一聲，說罷，文件就丟到門口，他馬上抱起來奪門而出。

安德魯不知道該找誰說，老闆現在的狀況是，不論如何，他一句「英文不好」

就可以把安德魯打死。所以就去找了蓮娜。蓮娜看到信後有點驚訝，因爲她至少也幫忙改了一個月，她說既然老闆沒找她，她就當作沒看到。她這時候倒是挺知道趨吉避凶的，她對安德魯說，我能了解你的處境，但是，我實在不想介入你們兩人的紛爭裡。

安德魯不得已，只好寫了一封信給阿依達，說有什麼事情可以直接找他說，不需要跳過自己找老闆，最後也還是滿腹委屈地在信末極力感激她的幫忙。

而他眞正想說的卻是，妳要我爲妳做什麼我都願意，妳何必這樣糟蹋我呢？

阿依達顯然沒料到老闆會把信給安德魯看，她回信時好言道，這信不是他想的那樣，她也願意幫安德魯把事情搞定。

安德魯只能相信她，阿依達是目前實驗室對新科技最熟悉的人，老闆的學問早就被淘汰了，問他什麼都一問三不知，還會惱羞成怒，他只好隔著自以爲的安全距離信任著阿依達。

老師卻要她把那篇文章全盤拿去，安德魯一直問她何時會把文章交還修改，她只是不斷向他要一些原始的資料，安德魯很不情願地拿給她。

當安德魯看到最後定稿的論文時，除了數據和架構是他的，文章大部分已經不是原始的樣貌，而且，作者的位置，被乾坤大挪移。阿依達變成第一作者，他爲第二作者。

老闆笑呵呵地和阿依達說文章寫得不錯，轉過頭來要安德魯多學點。他問，爲什麼我是第二作者？

老闆的臉突然沉下來，說：「因爲不是你寫的。」

「本來就是我寫的呀。你不滿意，我可以再改，我可以再改。」安德魯已經語帶哭腔了。

「改什麼改？現在文章寫得很好。」他轉頭望向阿依達，兩人相視而笑。滿足而愉悅，發著幸福光芒的那種微笑。

看到這一幕，他覺得深深地被背叛了。但轉念一想，不對，這是我的東西呀，兩年的心血，怎麼可以變成他們的……不管是什麼，他於是做最後的抗辯：「可是，實驗是我做的……」

「你太愛幫自己辯駁了，實驗做得再多也只是和猴子一樣。你再說下去，這篇文章你的名字就挪到感謝欄，下一篇環境基因體學的論文你也不能當第一作者。」老闆說。

安德魯含著眼淚離開了辦公事，在門關起來的那一瞬間，他從門縫中見到他們兩人手牽著手……安德魯的心都碎了。

•

安德魯這才知道，自己被阿依達擺了一道，萬念俱灰下，他的怒火開始被引燃。各種校園屠殺事件的新聞此時在他腦海裡閃過，但是，他並不是那麼不理性的人，像他這樣品學兼優從小就是班上前三名的優良學生，是不會幹下那種滔天大罪的，玉石俱焚從來不是他的想法。他可以用更好的方式，毀滅這兩個人。所謂的由愛生恨，就是如此。究竟，安德魯想到了什麼辦法，就讓我們繼續看下去。

•

此時安德魯才知道，爲什麼他的好朋友奧斯卡總是不辦手機。在和奧斯卡抱怨後，他聽得也憤憤不平，專功密碼學的他，想到了一個方法。

「你有他們的手機號碼嗎？」奧斯卡問。

「有呀，怎樣？」

「給我吧，我有程式，可以幫你追蹤他們。」奧斯卡說。

過了一週，奧斯卡要安德魯去他的公寓看追蹤的結果。他利用一個手機追蹤軟體，記錄了阿依達和老闆的行蹤。

「在過去這一週裡，他們總共有兩次在可疑的時間進入可疑的地點的狀況。」他給安德魯看他的紀錄。

在週二和週四晚上，他們都同時出現在學校附近的一個地址上，學校附近的住宅區安德魯很熟，用街景軟體一比對，那就是阿依達住的地方。

「不會吧，眞的抓到了。」安德魯大叫。

「我可以再幫你監控，並且可以在觀察到他們幽會的時候馬上通知你。你也住在那附近對吧？你看看要不要去拍照捉姦。」

安德魯內心澎湃，這件事情要是成了，他就可以威脅他們兩個了，兩個人都是有家室的人，再怎麼樣，都不會希望這件事情曝光吧？

安德魯幾乎天天都打電話給奧斯卡，問他結果如何。並且隨時把照相機放在身邊，奧斯卡被他逼急了，要他耐心等候，不要一直煩。

「最近他們好像比較沒有幽會了。」奧斯卡說。

當時安德魯唯一定心的時刻，就是搶著分析第二篇期刊論文所要用的數據，就是那個非常難搞的環境基因體學分析，他從各種代謝開始分析起，逐一搜尋，並且學習使用各種不同的生物資訊學軟體來分析，在激動的情緒催化下，似乎做什麼都比較有幹勁，也似乎學得更快，他相信，只要能搶著把第二篇期刊論文的初稿寫出來，並且請專業的人潤飾過英文，老闆沒有理由說這篇的第一作者不是他。

如此過了三週，有一天安德魯正在做晚餐，奧斯卡打電話來了。

「現在，快。」他急切地說。

他掛下電話，穿好衣服，抓起相機就衝出門，到了阿依達租的房屋外頭，看見老闆的深藍色豐田汽車正停在那裡，沒錯。他先用鑰匙刮了幾道痕跡洩憤。然後一越而上，翻到後面的露台，從窗戶看進去，相機角度都剛好，客廳裡老闆正在和阿依達的女兒玩耍。

「叫爸爸！」大衛在那邊逗弄著。

阿依達不時嬌嗔地阻止，說：「唉，別叫習慣了，如果在實驗室叫出來，這樣我們會很糗耶。」

安德魯的腦袋更是高速旋轉著，天呀，原來小孩是老闆的，怪不得老闆和這小女兒那麼親熱。安德魯更覺得下一步就是要偷到女兒的檢體來個親子鑑定了。噢，他想得渾身發抖。

沒過多久，兩人把小孩哄睡了，就衣衫不整地開始調情。

機不可失，安德魯顫抖的手先關掉閃光燈，然後按下快門對焦，照了下去。接著，又是幾張。在照得歡快的同時，卻發現，他們兩個好像發現什麼事情一樣，靜止了下來，並且（噢不）四處張望，最後停在安德魯躲藏的這扇窗的角落。

阿依達把衣服先穿好，安德魯的血液凝固了，慢慢地向後退，想要逃走，老闆一個箭步走過來，開了落地窗，他卻還來不及完全閃避，老闆就跳了出來，把他抓個正著。

安德魯什麼話都說不出來了，腿軟，接下來的事情在他眼前快速飄過。

老闆抓住他的相機，先是把記憶卡抽出來，要阿依達換上一個新的。罵他狗娘養的，然後打了他幾個耳光，安德魯整個人暈了過去，他聽到老闆要阿依達拿繩子來。

恍惚中，警察來了，從他們的對話中得知，阿依達單獨在家中時，發現有人在偷窺她，很害怕的她打電話給還在研究室中寫計畫的老闆，老闆趕過來發現竟然是實驗室的學生，於是順手把他擒住。

他不知道哪個環節出錯了，已經把按鍵靜音了，閃光燈也關了，爲什麼在這麼躡手躡腳的情況下他們會發現？

安德魯看著警察拿著自己的相機把玩，饒有興味地朝他照了一張相片。

測光燈。

測光燈還是亮著的。

他整個人愣在那裡，已經無法動彈。

•

就這樣，從小到大都品學兼優的安德魯，因爲應了小時候抓周而注定的命運，人生就此就種下非常重大的汙點。回到我們開頭所説的，現在的留學生，「進去的人死命地想爬出來，還沒進去的死命地想擠進去」，這下子，安德魯倒也不用死命地爬出來了。因爲犯罪的關係，他被遞解出境，求學之路中斷，後來，他的第一篇論文已經完全沒有他的名字在作者欄了，而第二篇論文的所有相關計畫，也被阿依達拿去了。若我們從阿依達的角度來探討，身爲一位經歷遠距離關係的母親，執著於自己做研究的夢想，總是在力爭上游，懂得及時行樂，又懂得利用資源來表現自己，在逐夢的路上，犧牲一個外國學生，又算什麼呢？至於其他的擋路者，像是蓮娜，更因爲長時間被蓄意暴露在致癌物質的狀況下，發現身體有異狀，因而辭退了工作，她做到快結束的計畫，也被阿依達整碗捧去了，同樣的，在論文發表的時候，蓮娜的名字也被隱藏了。大衛對於不重要的人的記憶如同金魚，當他看見這些論文時，也不會記得蓮娜曾經的貢獻了。榮耀歸於阿依達，阿門。

回過頭看，對於安德魯而言，需要學位何必去外國？中華民國教育部表示，台灣高等教育的發展停滯不前，許多研究所，竟還發生招生名額不足的窘境，若安德魯想繼續完成學業，他可以申請國內的研究所，是不會有人追究他在國外的犯罪紀錄的。他的回流，想必會爲國內的高等教育，注入微乎其微的源頭活水，也算是功德一件。人說，「塞翁失馬，焉知非福」，這對他是福還是禍呢？我們是不得而知的。但是我們必須警惕，「上帝給人關了一扇門，卻給人開了一扇窗」，我們不知道爲什麼上帝認爲爬窗是一件好事，從安德魯的例子，便可得知，沒事別爬窗户偷窺別人。有門鈴就該按，沒有門鈴，敲一敲，也是可以的。

我們不是上帝，不好猜測祂的意旨，對於一個無足輕重的人，上帝如果管了，就會讓你發笑。至於那個人自己笑不笑得出來，也就無關緊要了。黑色蜘蛛網，我們下次再見。

錶情

到了牙醫診所的門口，她才發現，手錶已經不會動了。

手錶停在三點五十分的刻度上，她估計，時間是在今早她仍熟睡時停止的。

仔細想想，其實昨天晚上就有徵兆了，手錶的秒針像是發明新舞步似的，每過四秒才跳到正確的位置上，所以每跳五次，才能跳上有刻度的符號。

昨天晚上還因爲這個發現而興奮不已的她，現在則陷入困惑。

她和牙醫約兩點半看診，剛才是一點五十分出家門的，她本以爲公車會等很久，結果竟然比預期還早搭上，迅速到達了診所。

牙醫診所潔淨的玻璃牆內，並無光線透出，暗黝黝的，執業時間寫著下午從兩點半開始，因此，她下意識拿出手錶看看，結果時間失去了動靜。

對啊，出門前看的是牆上的鐘，今早到現在，也沒機會需要看錶。

牙醫診所位在市集附近，商店不少，不愁沒地方逛，只是來回的時間實在不好拿捏。

在門口徘徊了一陣子，按按電鈴，也沒有人回應，她只好朝鬧區移動了。

經過兩間咖啡館、三間成衣店、一間生活工場和麵包店，她發現，竟然沒有一家可以從店門就可以看到的明顯掛鐘，但情況似乎也還沒緊急到需要抓住路人問時間的地步，因此她的腳步猶豫著。她可不想被王醫師笑說遲到，畢竟這是從小看到大的醫生，對於開玩笑的言詞是從沒忌諱的。

她身上沒有帶餘錢，所以對這些店都只敢遠觀，褻玩則免了，怕一時心癢難耐，到最後，連掛號費都付不出來。

更何況現在還不知道需不需要補牙還是幹麼的，皮包裡的兩百塊有點吃緊，或許也是如往常，洗完牙，被醫生警告個幾句，就可以走人了吧。

最後，她還是走進一家花店，觀賞著裡面的小盆栽，現在的室內盆栽眞是細緻，連花器都有各種造型，裡面層層疊疊鋪上彩色的小石礫，上面栽種的植物彷彿成了個配角，反正都是些許久才需要澆水像石蓮花般的多肉的懶人植物。她有點心動，想在自己房間栽上一兩盆，可是種好了除了自己，也沒有別人可分享，還是算了。

終於有救星了，花店後兩家，是鐘錶行，她這才恍然後知後覺責怪自己，這不正是母親修理鐘錶會來的店嗎，而且，她小時候的第一支電子錶，正是母親帶她來這裡選購的啊。當時她還沒學怎麼用，就迫不及待套到手上了，她還記得年輕的男店員教導她使用方式時，手腕靠近錶帶的皮膚，因爲操縱按鈕的緣故，而不斷地和他粗糙寬大的手掌摩擦著。那種感覺對她稚嫩的皮膚而言實在是太強烈，導致她回到家中，還是得靠自己的一番摸索，才知道怎麼正確地操作。

那支錶在使用五年後壽終正寢，現在還放在她的抽屜裡。

自己怎麼忘這家店了呢。

她走進鐘錶行時心裡猛然驚覺，自己的手錶，雖然極有可能是電池沒電所造成的停滯，也可能是其他棘手的毛病，假如身上的兩百元不夠付怎麼辦？更何況她還要看牙醫。她瞄了一下鐘錶行四壁各色各樣的掛鐘，有的是米老鼠或其他卡通人物的圖樣，看就知道是為了吸引小朋友或是新婚夫妻布置嬰兒房用的，還有那種平時緊閉門窗，整點會跑出東西報時的咕咕鐘（那門後躲藏的，是一個會繞著軌道轉一圈的溜冰少年、宛若正步入禮堂的夫妻或只是隻普通的木雕小鳥？），還有幾座老式的小吊鐘，鐘面下垂吊著幾個男性性器般盪來晃去的吊錘，當然最多的就是各色清楚易懂的、有著阿拉伯數字或是羅馬數字的圓面或方面大掛鐘。

還有十分鐘才到約診的時間，這段時間應該可以問問看。

這支錶，自從母親傳給她後，也不曾壞過，雖然款式老舊些，既然堪用，也不需要買新的，所以她已經有很多年沒有踏進鐘錶行了。

或許在這段時間中真的需要購買新手錶，也不會想到這家老舊的鐘錶行吧。她心中突然一陣慚愧。

懷孕的老闆娘站在玻璃展示矮櫃後，正幫一位婦人檢查一個掛鐘，她沒很專心聽著她們的談話，心中盤算著到底要如何開口，還是現在轉身走掉算了。

她一副若無其事的樣子看著展示櫃中一支支各色品牌的手錶，彷彿口袋麥克麥克正想選購。

老闆娘開始不專心起來，一面敷衍著修理掛鐘的婦人，一面不斷將眼光拋向她。

那婦人終於修好鐘也閒聊夠了，把東西收進塑膠袋裡準備走人，老闆娘逮到空隙，露出友善的笑容和她詢問，有什麼想要買的嗎？

「我……手錶壞了，想請妳看看……」她把手錶遞給老闆娘，隨即又加上了「很抱歉，我現在身上錢帶得不夠，可不可以先請妳看看就好……」

「錢不夠就下次來啊。」老闆娘的臉色一沉，把手錶幾乎是用甩的還給她，手錶和玻璃展示櫃清脆的撞擊聲把她嚇了一跳。

「哎，人家又不是沒錢，我給她看看，沒看怎麼知道錢夠不夠啊。」

一個略帶鼻音的低沉嗓音從她身後響起，一個接近中年、臉上蓄著短鬚的男子，穿著拖鞋、手提著一袋應該是在附近市集買的珍珠奶茶走進展示櫃後，拖鞋「啪咑啪咑」響著。

她低著頭，面容羞愧地把手錶遞給男人，應該是老闆吧，她心想。

「呿！」老闆娘手撐著腰，挺著大肚子，拿起一杯珍珠奶茶，轉身側進了後方的門裡。

隨即又探出頭嚷著：「買那麼多杯珍奶幹麼啊？嫌我肚子不夠大，你也要一起來肥是吧？」

「幫老張修好骨董鐘人家高興沒收錢還多送的啦！」老闆壓抑著音量吼回去。

「別理她，她懷孕後心情有點難捉摸，以前不是這樣的。」待門又關上後，老闆略帶歉意低聲說：「妳想不想喝一杯珍奶？反正我們一下子也喝不了那麼多。」

「噢……」她有點猶豫，假如接過來不當場喝實在不好意思，但她才剛刷好牙，「我等下要去看牙醫，所以……」

「看哪家啊？王醫師喔，我認識啦，你不管有沒有先刷牙都會被他罵，沒差啦。別不好意思了，你看看我的肚子，的確大起來了啦，幫我個忙唄。王醫師罵你，就說是我請的。」老闆不由分說將一杯飲料塞到她手中，然後隔著淺藍色的T恤摸了摸有點鼓脹的小腹。

老闆打開小抽屜，拿出了細小的起子，以及幾塊小木片，將錶翻過來，從底部的側邊細細鑿著，「很緊喔，很久沒有打開了吧。」老闆說著，粗大的手指卻以極細緻的力道一點點扳著背板。

「唔，大概吧。」其實自從她從母親那裡繼承這支錶後，就沒有拆過了。

老闆不著痕跡的動作讓她想到父親吃鯽魚時，也是這樣一點一點用嘴唇將魚肉抿進嘴裡的，等到吐出來時，只剩下一堆細小的刺了。不知道眼前的男人吃魚時，他的雙唇是否也像老爸一樣不動聲色地靈活。

（魚，就是要吃刺多的，這才夠味啊。爸爸說。）

她就算眼睛緊盯著老闆的一舉一動，錶的背板仍在一瞬間被掀開了。

「這之前也是我拆的啊，八年前換的電池啊，應該是沒電了吧。」老闆看著被打開的手錶內部驚嘆著。

她小口啜飲著珍珠奶茶，有點口齒不清地說：「啊抱歉，我不知道……」

長久以來，她都是活在他賦予的時間裡啊。

「別抱歉啊，這種事常有的，雖然我在這裡也做蠻久的，可是電池是可以走很久的，客人會忘記是正常的啦。」他吸了一口奶茶說：「可是我做得比電池的命還久啊哈哈哈……」老闆眼角的魚尾紋也動了起來，她有點下意識強迫地數了起來，一條、兩條、三條……

她終於卸下了緊張的心情，笑容卻因數數而延遲了些。

待老闆測試了之後，確定真的是電池的問題，於是說：「好啦，妳到底帶了多少錢呢？」

「呃……兩百塊。」緊張的心情又回復了，完蛋了，等下還要看牙醫啊，這樣得去找提款機了。

「八年前給妳換收妳兩百塊，今天也算妳兩百囉。」他爽朗地說，並且俐落地把電池裝好，寫上了一些符號，把背板裝回去，三兩下就把時間調好了。

（八年前不是我。）

她有點想問老闆到底寫了些什麼，卻欲言又止，大概就是些數字吧。

戴上手錶，付好錢，她突然回頭說：「對了，我明天要出國，你可以幫我把手錶調到那個地方的時間嗎？這發條好緊，我每次都搞半天……」她伸出左手，老闆問，差幾小時，慢六小時，在她意識到應該要把錶卸下時，老闆已迅速地把她的時間調好了。

當老闆的手碰到她手腕時，一切記憶又清晰起來了。

那個皮膚掌紋的質地……

「去哪啊？」老闆隨口問問。

「巴黎。」她回答完就轉身想走。

「回來的時候，假如手錶時間不好調回來，可以找我幫忙喔。不收妳錢啦。」

他的眼睛藏著一條魚。

「謝謝。」

領好錢時，當然，牙醫那邊已經遲了。

離開診所後，她去買了那小盆種了石蓮花、砂土是彩色的懶人植物。

話說回來，她能得到第一支錶，還得感謝國小那個凶殘的導師呢。

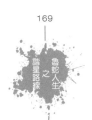

小時候，大家都常忽視上課鈴聲，每次都得等個五分鐘以上，教室裡的同學才會氣喘吁吁地到齊。

老師平時的注意力都放在別的事上面，像是桌椅的整齊與否、指甲的長短、上課誰愛講話、誰在走廊上跑步這類瑣事，對於時間的調配本沒有很在意，畢竟小學生還不太懂蹺課。

然而老師的神經終究被上課時姍姍來遲的同學們牽動了。

老師用慣常的挑單眉表情警告著同學，不准再遲到，一分鐘、一秒鐘都不允許，否則……你們知道會怎樣了吧？老師威脅著全班，並不斷重複問句。

「問你們話都不回答啊？」全班只好很有默契地喊著：「被打。」這是老師每次懲罰人的伎倆，他總會在聽到這兩個字時，露出滿意的笑容。

這是你們說的喔，好，那就從下一堂下課開始。

那天，她同隔壁班的同學借了一副新的扯鈴，在下課時玩了起來。

她已經跟同學玩扯鈴好一陣子了，她喜歡扯鈴嗡嗡鬧鬧的聲音，結果隔壁班的同學說老師找有事，留下她獨自在那裡金蟬脫殼、拋鈴、螞蟻上樹……玩得旁若無人，忘記時間。

鐘響了，她才想起老師的警告，趕忙衝回教室，老師已經在門口等了。

鐘聲剛停止，很多機伶的同學早就坐在位置上乖乖等上課了。

此時她理解了被放鳥的眞諦。

扯鈴沒收了，還挨了幾下板子。

她的謊沒幾下就被戳破，小孩子的謊並不圓滿，她說沒經過人家同意借給別人，同學一問之下就知道並不是這樣。

「妳要賠我我不管你要賠我一個新的扯鈴我今天回家媽媽還要檢查耶妳要我怎麼辦？」同學的哭聲猶在耳畔，回家的公車上，她紅了眼眶，見到了母親，終於流下淚。

母親知道事情來龍去脈後，第二天帶她到學校找老師，想要回這副扯鈴。

「送人了。」老師若無其事地說。

「你怎麼可以拿別人的東西送人啊？」

「是妳女兒不守規矩在先，這不能怪我吧。」

「她上課鐘一響就回教室了，只是跑慢一點啊。」

「妳又知道了妳女兒不會騙你喔？再說，其他小朋友都知道時間，提早回教室，妳幹麼不給妳女兒買支錶嗎？沒錢啊？」

她發抖著。母親握住她的手。

母親不吭氣，幫她請了一天假，繞遍大街小巷，終於找到一副類似的扯鈴還了同學。

「還是不一樣！」同學忿忿地落下這句，拿走扯鈴。

母親和她說，分班前，妳還有一年要給他教，別跟他計較，算了。

經過市集時，母親帶她到鐘錶行，在店員的建議下，選購了那支電子錶。

「小朋友嘛，比較會看數字，而且這支錶有很多功能喔，可以計時，也可以倒數，還有鬧鈴功能、夜視功能喔，潛水一百公尺之內，還可以防水呢！是日本新出的款式呢。」

「這個社會，笑貧不笑娼啊……」母親和她說：「以後別忘了早點回教室，知道嗎？」

手錶在握，她已經忘記老師帶給她的不悅了。雖然她隱隱感覺，母親可能又要背著父親，偷偷借錢過活了。

母親的手腕上，只掛了一串佛珠。

房屋貸款還清後，家中的經濟狀況才眞的寬裕了，那年的年終，父親買了一支錶送給母親，母親手上才有佛珠之外的飾品。

母親常和她說，這個名貴的錶，將來要傳給她。

大三時，母親重病，推進手術房前，她幫母親脫下保管著，之後，就一直戴在自己的手上了。

左邊老闆的鼾聲已微作，口臭的腥味幽幽飄向她，她鬆開老闆的手，轉過頭看著窗外單調無垠的景色。

遠方的太陽快消失了，天空呈現靛藍，周圍的雲朵像眼瞼，太陽像一隻紅色的眼睛，周圍延伸出好多條無限延伸的雲，像是小時候用竹掃把掃沙地，刮出來散射狀的一條條紋路。

她無法迴避地想到了鐘錶行老闆的眼睛，那些像是用雕刻刀用力鑿下的魚尾紋，到底有幾條呢？她記得數到第四條時，就因爲和鐘錶行老闆眼神的交會而停止了。

她苦惱地笑了笑。

到花都來，是陪老闆見客戶的。名義上的兩間房間，在飯店投宿登記時，就取消了，兩間房是做給老闆娘和公司其他員工看的。

無所謂偷情，她不認爲自己和老闆之間的情愫有多過老闆和他老婆的，她也不打算爭取任何的名分或金錢，雖然她發現，老闆暗中給她調升的薪水幅度，比其他員工大很多，但礙於老闆娘的掌控，也只能藉機會嘉獎她。

因此她大可認爲這都是自己努力工作所應得的回報，同自己與老闆間的曖昧並無關係。

況且她多少還有點認爲，老闆是剛好在對的時間點切入她的生活，否則這件事情，跟其他男同事也是可能發生的。

事情的開始，是她順水推舟聰明地使老闆覺得是自己玷汙了她，並且辜負老闆娘的。

老闆在她的眼中看起來更龜縮了，這樣一來，自己能任性的空間也愈大。她爲了掩人耳目著實費了一番苦心。平常在公司時不上妝，最多塗上淺色的口紅，以遮掩本無血色的雙唇，其他的部位，完全只靠日常保養。衣著打扮總不脫學生氣，完全沒有辦公室女郎的架勢，加上後腦垂掛的一條緊紮的辮子，公司的新人常以爲她只是打工的小妹。反正，老闆的祕書，從來也不是檯面上的焦點。

事情她是會做的，有次還因爲人手不足，她自告奮勇駕著卡車把貨緊急送到基隆海關上船，讓男同事對她另眼相看。

因此粉撲得十分厚的老闆娘對她並沒有太大的顧忌，還很欣賞她。當然，她對老闆娘微笑的面容背後，常常想像老闆在私下見面時，跟她描繪的一張蠟黃乾枯的臉，以及沉重的兩道黑眼圈。她當然也有被揭發的危機意識，爲了化解那種看到老闆娘時會產生的惶惶不安的感覺，她還想像當堅強的老闆娘得知她和老闆的關係時，受到打擊而淚崩導致臉上的厚妝土石流般滾滾而下的畫面。

她就會因此忍住笑意而臉泛酡紅。

「眞害羞的女孩啊。」老闆娘微笑和她說著：「如果不是妳辦事那麼利索，把我老公和公司的事情安排得那麼有秩序，我想，我也會和那些死小鬼一樣，把妳當成工讀妹吧。」

有次老闆娘還說：「要不是我兒子比你小快五歲，要不然，妳可得當我媳婦啦。」

她雖然想告訴老闆娘，人到老的時候，五歲的差距是看不出來的。但說出來的話，就會造成自己對這樁婚事很有意思似的錯覺，她的心，對於任何可能的婚事是同等看待的，從大學就不停愛錯對象的她，已經不認爲自己有出嫁的可能了，她自有一套悲觀的比喻：喜歡自己的人，像是嚼食無味的口香糖，隨時都可以吐掉。

如同她在大學時代的一次觀影經驗。那次，她隻身跑到某個人滿爲患的影展，場地的安排並非盡如人意，有售票，沒劃位，所以先搶先贏。她那天早到，舒舒服服坐上了一個中間的位置，還很大牌地和左邊鄰座的男人之間空了一個位，電影要開始前，突然有一名女子在這區的右側走道邊張望來張望去的，她定睛一看，好巧，原來是認識的一位學姊，她有點意外且興奮地揮手，學姊似乎也看到了，朝她這邊開心地揮舞著，並且排開一個個的人走到座位來。

她也是學姊排開的路人之一，學姊直衝她左邊的位置，接著和鄰座的男子交談了起來。

霎時間她明白了兩件事，第一，原來剛才學姊興奮揮手的對象，不是她而是左邊的男人，她往右邊看，所以不知道左邊的男人其實也同樣揮舞著手，剛才那個男人應該很困惑吧。第二，這人不是學姊，聽說她有個很相像的雙胞胎姊妹，以前都沒遇上，怎麼好巧不巧今天遇到了，真尷尬。

她要不要和雙胞胎學姊的姊妹解釋呢？整個觀影的過程，她都在考慮這件事，導致影片的內容幾乎無法激起她心中任何的漣漪。

如果她真的嫁給了老闆娘的兒子，會不會在剩下的生命中，不停苦惱到底要不要和丈夫說明自己和他父親的關係，並在無法正視她公婆的情況下喪失婚姻中應得的其他樂趣或是煩惱呢？

她不難想像老闆娘的兒子到老時，就是老闆那副德性，她不想經歷兩具相似的肉體，這樣會有活了兩次的錯覺吧，她想。

其實老闆娘不知道的是，她幫老闆安排的行程，是以她自己爲主（配合自己的月事、父親或弟弟的生日、和朋友偷閒去喝下午茶、百貨公司週年慶的時間等等），並且將時間偷東偷西的行程，塞入規畫好老闆要求的「談心」時間，這是老闆爲了不給她壓力所創造的兩人名詞，她一點也不在乎，但表面上還是配合著。

有時，她覺得自己才是老闆的上司。

包括現在和飯店櫃檯交涉的時候，老闆也只能在旁邊愣頭愣腦聽她用英文溝通（這個櫃檯的英文比想像中的法國人好啊，還稱讚了她的手錶很美麗），假如這時把他給賣了，或是製造出一些像是房間客滿或是其他的假情報支開老闆，老闆也可能會像個剛出生的嬰兒在這個茫然無助的異國城市哇哇大哭吧。

如同她以往在吉隆坡、首爾、東京、香港、上海、西雅圖等等城市的飯店櫃檯一樣，取消了多訂的那間單人房。老闆說，能省則省啊。

反正這些飯店的單人房總有一張可以睡上兩個人以上的大床。她只要別忍不住接電話，短短三天左右的行程，應該是不會讓人起疑的。老闆娘擁有她安排的和客戶見面的時間和資料表，上面排滿滿看似沒有空閒逛街遊覽，事實上，時間空著呢。

當然還是存在很幽暗的灰色空間，令她無法完全掌握，她曾夢見老闆娘打電話到她原本訂的那間房找她找不到，或是在回國後發現帳目有少而厲聲厲色質問她，老闆總是安慰她說，夢到就好，夢到就表示不會發生。

幸好到目前爲止也是如此。

然而老闆爲何總是堅持要取消一間房，她覺得老闆對老闆娘愧疚的心，似乎多少有點期待被揭發的那天。

她沒有老闆想像中那麼愛他，其實說到愛蠻嚴重的，事情根本就不是如此，老闆對她而言，只是生理上的調劑品，性不過是愛情的麻痺劑罷了。這次在巴黎的第一夜，當她面臨老闆那熟悉而慢熱的胯下時，晃晃悠悠，想到的卻是鐘錶行牆上的吊鐘。

她帶眼角餘光瞄著放在床頭櫃上的手錶秒針，雙手帶動老闆的臀部，隨著秒針的跳動，左右輕微搖晃著，這個吊鐘，真的欠修理了，她心想，自己忍不住笑了出來。

「有什麼好笑的？」老闆喏喏地問。

她沒答腔，繼續調撥著眼前這只吊鐘。整點時，她幾乎以爲，老闆的哪個地方會突然打開，走出老闆娘報時。

老闆娘要以什麼姿態報時呢？一個拿著鐵槌或是機關槍的發怒瘋婦？還是拿著手機怎麼也找不到人然後單腳把地板跺出一個大窟窿的婦女？她知道，假使出來的是這些，她都不要，她會要求鐘錶行老闆換一個。

突然一股熱流從腹腔竄出沸騰了她的腦漿，她希望，跑出來報時的，就是鐘錶行老闆。他會抓起她的手，永遠逃離這個房間。

她撇過頭，表示說，今天時差沒調好，現在不舒服。她暗自怨恨著老闆爲什麼要取消她的房間。

老闆溫柔對她示好，她翻個身，倒頭就閉上了眼。

是夜，她夢見了鐘錶行老闆，其實也沒幹麼，就是鐘錶行老闆抓著她的手靠在自己的臉上，一個個數著，自己有多少條魚尾紋，她發現，老闆的魚尾紋有著吉他絃般的彈性，她手指輕輕撩撥著，就發出五彩繽紛的樂音，可是究竟有多少條，似乎怎麼也數不完，在她困惑的當下，老闆的眼睛卻撲通一聲跳到了水裡，游走了，鐘錶行老闆要她別急，他拿出釣魚竿，把住她的手，一步步仔細且緩慢地裝餌、捲線、拋竿，然後，兩人靜靜坐在那灘水池邊等待著魚兒上鉤。

何等平靜的幸福場景啊，她心想。

就這樣停止了吧。

不，觸感不對。

她驚醒，淚濟濟又厭惡地甩開了老闆緊握的手掌，因爲老闆和她說過，夢到了，就不會發生。

到了要離去的前一晚，她發現，手錶不見了。

彷彿傀儡的絲線斷了，整個人的精神癱瘓殆盡。

她已經翻遍了旅館房間裡裡外外，搞得整間旅館的服務生都知道這件事了，她甚至連垃圾筒都找了，老闆和她的旅行箱也翻過來倒過去不知道幾次了，老闆好言相勸，要怎樣的手錶，他都可以買給她，就求求她別再找了，他都快給搞瘋了。

「不過是一支手錶啊。」老闆愈這麼說，她愈翻箱倒櫃，直到櫃檯捎來了電話，委婉地告知，隔壁的房客，抱怨他們這間碰撞的聲音太大了，請小聲點。

她一遍遍仔細回想，上次看手錶是什麼時候，應該是在今天陪老闆見完當地合作廠商後，她看看手錶，比預計的時間早結束，她想還可以在河畔逛逛，之後她請接送的司機在離飯店還有大約一公里的河岸放他們下車，兩人像對度蜜月的情侶享受在巴黎散步的感覺，雖然她心中希望在身旁並不是他，但是反正都習慣了，摟摟抱抱走一段路也不會死。

她記得，在河岸上老闆有問過時間，她還笑老闆那麼懶，自己手都不伸出來看看，淨問她。啊，是她頑皮地把老闆的手抓過來，掀開袖子，得知了時間。

她記得，靠著老闆的她，一路上，眼神卻不斷和自己喜歡的帥哥接觸著，她發現時，老闆早就不動聲色地鬆開了她的身體，只牽著手。

這男人，還是會自卑的。她心想。

他們邊走邊看著整個城市隨著時間散發出各種絢麗的光芒。

「吃味啊？」她故意撩撥老闆。

「什麼啊？」老闆又抓緊了她。

「我在看男人耶。」

「雖然我上了年紀，可是我比年輕人細心吧。」天外飛來一句，老闆的內心戲果然已經演了很久。

她記得，這時她有感到因爲老闆的手緊握而擠壓到錶帶的不適感。

她感到一陣厭惡。

她轉身到河岸旁一個已經在收拾的小攤上，和那位賣畫的中年老闆攀談起來，畢竟是做觀光客生意的，願意講英文，她一下攏出對那些仿製穆夏的畫很有興趣，一下又讓賣畫老闆感覺對有巴黎鐵塔的風景畫有興趣，然後再看看黑白攝影的藝術明信片，中間還穿插了幾句調情的話，兩人的手還不規矩地碰了碰對方的腰或肩膀。後來她東揀西選，只買了一張黑白的明信片。

老闆只能在一旁乾瞪眼，並沮喪地問她，怎麼不多挑一些。

那張明信片是從奧賽美術館的鐘塔內部向外照出的，透過鏤空鐘面可以看到指針和數字，逆光的前景中，有個穿風衣、頭戴貝雷帽的男人靠在鐘塔的支架上，側著頭看著遠方，照片的明亮處有點曝光過度，看不清他的臉龐。

（明信片的幻想之一）

這裡可以看到聖心堂，蒙馬特丘頂的白色拜占庭式建築。

快下雪了，天空很陰，有陣透骨瘆痳的寒風。
多年前，那個女孩告訴你，如果想追到她，就用那個拉單槓啊。
順著她的指尖，看到的是河對岸，奧賽美術館的鐘塔。
時針和分針，彷彿對她比勝利的手勢般停在十點十分。
你沒有勇氣，她連告別的吻都不給你，你默默地沿著河岸走了。
河岸的梧桐，落下最後一片葉子。是青綠色的。
它都有勇氣順著塞納河飄走。
你知道，今天她將坐上敞篷禮車，沿著河畔，繞行至聖心堂舉行婚禮。
那是你曾經和她說，我們的教堂。我們的心。
你等著，等她繞到美術館前面，就鑽出鐘面，盪上指針。
做個三四個引體向上。
你的貝雷帽可能會被風吹向她的禮車，然後在馬路上被壓扁。
她的禮車始終沒經過，天色暗了下來。
你看到聖心堂的燈亮了，最後又趨於平靜。
婚禮應該結束了。

雪一直沒降下，老天連她婚紗的白色都不讓你看到一眼。
你點了菸，用那菸頭猩紅的火光，對著聖心堂寫著，我恨妳。
你決心要去酒吧，然後，忘了這女人。你把菸蒂用力擲向馬路。
不知道何時地板已經結了一層霜。
翻出鐘面時，全巴黎的鐘聲，掩蓋了你的頭顱和馬路接觸的那陣，蛋殼般脆裂的聲音。
車輪輾過潮濕地面發出的茲茲聲，油鍋好像熱了。
你餓了。

（明信片的幻想之二）
那是父親告訴妳的，他有一個和他一般，會吃魚的朋友。
在妳還沒記憶的童年的瞳仁中，曾經留下過他的形象。
妳依稀記得，他叫卓伯伯。
他比妳父親還執著於魚的骸骨。
就像有人無法忍受報紙被打散亂摺。

他吃完的魚骸，排列整齊宛若魚拓。
他在排列整齊的斑馬線上給車撞倒了。
腦漿混血，從耳朵中慢慢流下來。
白色油漆的斑馬線是潔淨的餐盤。
妳父親那天的早餐，剛好是荷包蛋淋上番茄醬。
人救回來了，只是當了好多年的植物。
他本來要到國外念大學的女朋友，決心留在台灣照顧他，沒有人勸得動她。
她像照顧花卉般，每天帶他用不同的角度曬太陽。
每天用水擦拭他的身，像深山的霧，包裹著紅檜。
針葉的目的，就是抓住霧成露，露落土成水。
每次，她看著他新剃的頭，發芽般長出針葉來，心中就充滿希望。
（他是活生生的。）
多年後，他醒了，女友老了。
他什麼都記得，除了和女朋友的那段。
他甚至在女友去上廁所時，和老母說，他根本不喜歡這女人。她聽到了。

如果腦袋中因被記憶分隔了好幾間房間，流失的，就是女友住的那間了。

女友的腦袋擀麵皮般，給砂石車糊在那條整齊的斑馬線上了。

夏日正午的路面，把他和她的記憶都烤熟了。

聽說，那些腐熟在斑馬線上的殘渣，都給野狗如舔舐路上乾癟的老鼠或青蛙般清理乾淨了。

（明信片的幻想之三）

「爲何，事件總發生在多年以後？」

「因爲時間的本質是殘忍的。」

（明信片的幻想之四）

事情沒有那麼複雜，她回房間後，趁著老闆洗澡的空檔，坐在桌前。什麼字都寫不出來。

她不知道他的名字、地址，他們甚至互不相識。

他知道她要去巴黎啊，但是這張明信片沒有巴黎的地標，只有時鐘。

背面有寫巴黎，但是用法文，他應該不會注意吧。

她記得鐘錶行在哪條街上，假如地址寫某街某鐘錶行，應該可以收到吧。

她想惡作劇般將收件者寫上「鐘錶行老闆娘」。

她會像少女羞紅了雙頰，或是啐口口水，罵，變態！

老闆看到背面下方的字，會心一笑。

他會料到，過不久，有人將來請他調時差。

不，就算寄到，大概也是回到台灣後一個多星期了。

她可以忍受每次看時間，就得加六小時的麻煩，重點是，明信片得先到。

老闆突然洗好了，她趕忙把明信片塞進抽屜。然而，第二天，忘了帶走。

房客已退房，打掃女傭照例，丟入清潔車上那大大的清潔袋中。和衛生紙、食物殘渣、保險套、拆開的塑膠封套、牙籤牙線等等，合稱爲，垃圾。

到了這時候，她都不知道手錶丟了沒，她想像著鐘錶行老闆的微笑，彷彿已經回到了台灣。然而現在，唯一和下午有關聯的，就是那張黑白明信片了。

她絕望地握著那張明信片，坐在桌前發起呆來，任老闆在旁邊怎麼勸她都不理會。她在上面，憑著記憶，描繪著那支手錶：略為橢圓的錶面，鍍金的錶框，標示時間的羅馬數字，皮製的錶帶，還有那枚、十分緊、每次要調整都很費勁、甚至弄斷指甲的鈕。她不斷描繪著那顆鈕，畫得都快把明信片穿破了。

母親的面容浮現在眼前，微笑說著：「這社會，笑貧不笑娼啊……」她瞟了一眼旁邊無辜的老闆，恨恨地、用力地，在母親的錶旁邊，畫上了她那第一支電子錶，那是一支有蓋子電子錶，上面有小兔子在青草地上遊玩吃草的塑膠彩色浮雕，蓋子打開，上方是個液晶式的秒數條帶，每秒都有一隻小兔子從右邊竄出，並依序跑到左邊，整個長型螢幕最多可以容納五隻小兔子在上面跑，她小時候常對著手錶發呆，看著左邊只剩下屁股的兔子，頭再從右邊竄出來，這樣無限循環著。

秒數液晶條帶下面就是時間的螢幕了，按一下右上方的鍵（很軟很好按），就會成為日期，有日月，還有西元的年，她記得曾經在一年的除夕夜，將手錶調成日期功能，並且在年歲交替的那一刻，看著一年僅有一次的，西元的年，從上一個數字，變換到下個數字。這是她小時候，躲在棉被裡過元旦的祕密儀式。這個儀式如同手錶的生命，持續了五年。

還有，錶蓋的背面，打開後，還有一個電子時鐘，液晶螢幕只提供了時針和分針，如果她覺得上課太無聊，也會看著分針在沒有秒針的打擾下，從容地跳到下一分，安靜優雅，還略帶殘影，彷彿武俠片中使用輕功的俠客，藉此累積下課將至的喜悅。

第二天早上退房前，她寫下了鐘錶行粗略的地址，沒有任何署名，把明信片帶到櫃檯，委託那英語很溜的法國小姐寄了。

●

透明的七彩玻璃盆栽，竟然可以清楚地看見一道水線，上面的石蓮花奄奄一息的樣子，她嚇到了。

父親從房裡出來，看見她的表情，又一溜煙跑進廁所了。

「爸，這誰幹的，這不是在養水草啊！」她嚷著，趕忙將小盆栽帶到廚房，把多餘的水倒掉。

「我不是說不用澆水嗎？還是弟弟回來澆的？」無光的客廳裡，只聽見爸爸在廁所的水聲，爸爸不知道何時就開始耳背了，她常覺得，爸只是利用了年齡的優勢充耳不聞罷了。

「老卓，妳記得吧？」父親探出身子問她。

「水到底是你還是弟弟加的，告訴我答案，有那麼困難嗎？」

「那個出車禍的卓伯伯啊，妳的名字，當年，還是我和他去書店翻書，找出來的耶。」

「很奇怪耶，我每次在家裡養什麼東西，最後總是被你們弄得要死不活的。」

「他的母親也照顧他很久了，前幾天，終於也走了。」

「以前我養的那隻鬥魚，跟你說，我來餵，一天只要餵一次，一次幾顆飼料，然後你趁我不在家，動不動就餵，把牠搞死掉了。」

「老卓現在最聰明的時候，也只是和國小三年級的孩子一樣，他父親幾年前早也走了，兄弟姊妹看到他就怕，我決定把他帶來家裡照顧。」

「啥，家裡要多住一個人？」

「那石蓮花啊，怎麼可以不澆水呢？放在那麼小的盆子裡，怪不得看起來快死了。」

「家裡哪有多的房間，你在打我還是弟弟房間的主意啊？」

「假如不是我每天給它澆水，搞不好還沒見到妳回來就枯掉了。」

「他們家人都眞的不管他了嗎？你別多管閒事耶。他還在找那個撞他的人嗎？」

「妳也不想想看上次買回來的鬥魚，如果不是我常常餵牠，牠死得更快。」

父親說罷，就轉身回他的房間了。

她背脊一涼，心想，不會吧，搞死動物植物還不夠，父親這次可要鬧出人命了。一個老人照顧一個長得像老人的小孩，光想到就讓人無法放心。

父親眞的接了卓伯伯到家裡住了，讓她感到比較舒服的，是父親將自己的房間另外隔出一小方空間，擺個不知道哪裡撿來的床墊，鳩占鵲巢般自己睡到床墊上，讓卓伯伯睡大床，沒有要她讓房間，也沒要一週大約回來睡個兩三天的弟弟的房間。卓伯伯像個小孩般在上面用十分不靈活的身段滾來滾去，興奮得像是出外郊遊。

讓她眞正苦惱的是，卓伯伯在她上班時，會跑到她房間東翻西翻，可是她的房間連著陽台，是父親白天曬衣服的必經之途，她無法鎖門。雖然她在理智上可以原諒卓伯伯，畢竟她想起自己小時候，不論跑到誰家玩，總會手賤把人家抽屜打開看看，她沒有想拿別人東西的意思，就算是空的也好。這種毛病會好完全是意外，她也忘了到底是去母親還是父親的某個朋友家，自己趁大人不注意時，打開了他們的抽屜，結果裡面直挺挺躺著一把槍，她印象最深的是，她愣了好久，結果那家的主人不知爲何走到她身後發現了，於是默默用右手取出那把槍，抵著她，左手在嘴唇上輕輕擺個「噓」的姿勢。

她吞了吞口水，從此擺脫這壞習慣。

即便能同理若此，當她回家看見一個老男人坐在自己房間不斷翻著她的抽屜時（內衣內褲、鉛筆文具、各種資料雜物），她還是會忍不住尖叫一番。

「女兒，客氣點，人家只是孩子，不會怎樣的啦。」父親總是這樣安然和她說。

卓伯伯每次都垂著雙眼嘟著嘴一拐一拐地（當時車禍有傷到他的腳和腰）離開她房間，彷彿受委屈的是他。

更討厭的是，卓伯伯老是問她，是不是當初撞到他的那個人？

她實在很火大，說多少遍了，還是一直問。不是就不是啊。

終於有天，卓伯伯翻到了她那支兔子錶。

回到家時，卓伯伯一反常態，完全不退讓地想要那支手錶，並且堅持是她把手錶弄壞的。

父親和她都很苦惱，這打也不是罵也不是，而且他拿的本來就是支壞錶，她覺得這次眞的很窩囊，憑什麼，要給這個素不往來的伯伯這樣隨便侵犯呢？她終於落下淚了，卓伯伯還說，女生就是這樣，不跟妳玩了。

她把父親的耳朵都哭醒了。

父親費了一番力氣把手錶奪回來後，換卓伯伯躲進房間哭了，父親說，這支錶拿去修修看，如果眞的壞了，就扔在錶店吧，別再給老卓看見了。

她靜了下來，好久，沒有去鐘錶行了。

幸好，石蓮花還活著。

那封明信片，最後，到底寄到哪了呢？

（明信片的幻想之五）

送信的老陳即使再忙，也愛多看幾眼拿到手中的明信片。

他不認爲這有什麼不妥，明信片無關隱私，這是大家都知道的。

他拿過各種千奇百怪的明信片，除了長方形的正常明信片外，還寄過菱形、平行四邊形、正方形、圓形、橢圓形、梅花形甚至中間有開個洞的明信片。

他送過從世界各地寄發的明信片，有些是他看地圖才比對出的國家，像是冰島、格陵蘭、象牙海岸、蒲隆地、馬達加斯加、圭亞那、聖多美及普林西比……

在他把明信片投遞到那些普通的公寓或是透天厝的信箱前，他總是不可置信地想著，這棟房子的主人，怎麼會跟住在如此遙遠的人，有所聯繫呢？

他覺得收到這些有著特別形狀明信片的人，應該住在那些奇形怪狀或是如皇宮般的豪宅中吧。

那些明信片，他看得懂的，不外乎就是很普通的問候語，最多就是加點情色暗示，他很高興自己看得懂，彷彿和明信片兩端的人，不動聲色地，玩著益智遊戲。

當然，法國，又是巴黎來的明信片，相形之下是十分普通的，他大概一個禮拜可以寄個一打以上。

通常他對於喜孜孜說法國多美多好玩的明信片已經缺乏興趣了。

他現在看到巴黎寄來的明信片，也不太正眼瞧了。

這次他卻看到兩隻手錶，地址也語焉不詳，沒有收信人，沒有寄信人。

他可以當作死亡信件，扔了。

但他知道那家鐘錶行啊。無法視而不見。

明信片的紙很厚，很好，上面彷彿鍍了一層光漆。

老陳回到家，找到以前給小孩餵藥的滴管，吸了幾滴水。

對著手錶的邊緣和輪廓，慢慢擠出水來，再用衛生紙細細擦去。

是水性筆，很好。

漸漸地，手錶不見了，地址不見了。

時間也不見了。

整張明信片，除了貼郵票和郵戳的地方，宛若新生。

當然，還除了，中間那個，因爲當初過於用力，而畫破的那小塊黑黑的、凹進去的、無法彌補的，洞。

她從巴黎回來後，就沒戴手錶了，其實日常生活中，能看到時間的地方多的是。老闆曾經自作主張買了支錶送她，她當場把錶摔在他面前。令她不解的是，老闆大概有被虐待狂，依舊索取著她。

前往鐘錶行的路上，她帶著些許的怒氣，又害羞地期待著。

卓伯伯竟然還要跟，她千交代萬囑咐，不可以鬧事，要像個大人，不常上街的卓伯伯還是執意牽著她的手。

這次沒看到老闆娘，老闆一人埋在櫃檯後面修修弄弄的，一抬頭，眼神相交，把她瞬間彈往這支電子錶損毀紀錄的回憶裡。

（如同打開蓋子，就看到了時間如一跳一跳的兔子般跑過去……）

小學生是多麼頑皮的一種生物啊，尤其是那些準雄性小男生。她記得當時坐她隔壁的一個叫小雞的男生（因爲姓紀），見到她買的新錶後，就像所有好動的國小男生般，沒事就想把她的手錶奪過去玩，因爲錶蓋在打開時頗有彈力，男生就喜歡不停按著把蓋子彈開的按鈕，對著她身體裸露出來的部分（膝蓋、手肘、手臂）彈著，要不就拿橡皮筋反方向纏著打開的蓋子，抓住錶帶，彷彿彈弓般，到處瞄準目標惹人厭，她常常被惹到一直追打他，跟在他後面討著自己的錶，小雞卻因此更樂了，還回馬槍不停地拿橡皮筋射她，有次她終於趕上他的步伐，在他將要射擊的前一刻，啪的好響一聲，一掌打到發射器，不，她的手錶上，錶蓋應聲向後斷裂，只剩著一條細細的電線垂軟無力地連著手錶主體，兩人都呆了，同學們圍上來，小雞把手錶丟給她。

「后！是妳自己弄壞的喔！」

「小心她告老師喔。」

「喔～你要把老師告到法院去！」

……

沒有人罵小雞，沒有人罵小雞，她的腦海中反覆只有這幾個字，同學的臉成了陌生人，在她的淚水中打轉。

她捧著心愛的小兔子手錶，呆了一整天，事後回想，小雞竟然彷彿不關他的事般，照樣下課出去玩、上課鬧她，只是她已經不知道怎麼反應了。

她隱瞞了好幾天，才在母親的注意下發現了，耶？妳的錶呢？

……

妳弄丟了嗎？

搖搖頭。

那到哪了呢？怎麼不戴啊？她抬頭看見母親關愛的眼神，還是招了。

時間在斷頭的錶上默默地走著。

小兔子奔跑著。

鐘錶行的年輕人皺著眉頭說，應該還是可以修好的，下週的今天再來看看。

她又要哭了。

好好，我保證，我會修好的。年輕人露出微笑，摸摸她的頭髮。

是母親幫她拿回來的，她看恍若新生的手錶放自在己的小課桌椅上，沒有太高興的感覺。從此，她每天在學校的時間中，手錶都被隱密地埋藏在書包的最底層，她上學的第一件事，就是到廁所把手錶拆下，放學前，到廁所把手錶戴上。

手錶喪失了報時的功能，變成回家被母親檢查的工具，漸漸地，液晶的錶面，黑色的數字有時缺了一角，有時抽筋般一閃一閃的，過了一年，壽終正寢，就算換再多次電池，液晶顯示的畫面，最多也只能維持兩三天。

她又開始過沒有手錶的生活，直到接收母親的手錶為止。

她沒有看到老闆迅速關上抽屜的慌亂神情，只驚訝於，老闆把滿臉的鬍子剃了，當年修理手錶的年輕人活在這具軀體中，只是某些輪廓和線條鈍了，她心中默默吃了一驚，仍故作鎮定和他打招呼，嗨，你怎麼把鬍子剪了？

之前吃白帶魚，常常會黏些刺在鬍子中，沒清乾淨，晚上……呃，老婆不高興，就算清了，她說會有食物的腥味，所以乾脆剃掉了。

噢，我這邊有支手錶，看能不能修好？

她有點猶豫地把錶放到櫃檯上，老闆看到，說，這好幾年前的款式了，當年店裡只進了兩支，他記得，有個小女孩買走了其中一支。

嗯。

他是妳爸爸嗎？妳爺爺嗎？

不是。卓伯伯的手握得更緊了，她無法鬆開。

巴黎好玩嗎？老闆端詳這支錶時問了她。還可以，她說。她注意到，牆上有只鐘，剛好慢了六小時。

這我得花點時間慢慢修，妳可以下週的今天來拿嗎？好熟悉的句子，她點頭答應，轉身欲走。

呃……老闆欲言又止。

還有事嗎？她問。

那個……妳本來那支手錶，需要把時間調回來嗎？

老闆從頭到尾都沒有笑過，那兩尾發光的魚……

「我自己會調。」

是夜，她為這句話飽受煎熬。

最近她喜歡煎白帶魚給父親和卓伯伯吃，那些長短不一的刺，如同剛磨出來的針一般光滑油亮，和父親比賽吃魚，似乎是卓伯伯在車禍後，保留下來最完整的技能了。兩個老人家，竟然還排列起魚骨來，並且專心地推測，這段魚刺和魚骨要排在另一段的前面還是後面，有時還會從骨頭的大小或是棘刺的長短推測出，某兩段白帶魚，並不是出自於同一條魚身上，是不同的魚塊，拼裝同一盒販售。

她總是微笑地觀賞著父親和卓伯伯玩魚拓遊戲，並在適當時機笑吟吟地拍手叫好，卓伯伯還會因為兩塊魚拼不起來而哭鬧呢，爸爸哄他之餘，也常因此要求她再多煎幾塊魚，好讓他拼出完整的魚。

卻往往是愈拼愈多條，愈拼愈拼不完。幸好卓伯伯也像個孩子，哭鬧一番，第二天也就忘了，然後歡樂地重新開始。

弟弟看見每餐都白帶魚，加上還要應付卓伯伯，於是就更少回家了，幾乎都待在女朋友那裡。

老闆則愈來愈怕她了。現在，整個情勢丕變，她常要求老闆在自己身上多花點時間，也要求老闆留起鬍子了。

稀稀疏疏，真是難看，他們都不約而同地這樣想著。

但是她仍然會將一根根洗好的魚刺，用自製稀飯糊做成的漿糊，在房間裡，一根根地慢慢氈黏到老闆的面頰上。

老闆的臉添了霜華。

老闆看著她冷峻而正經的神情，心頭打著冷顫，於是好言相勸，突然留起鬍子，老婆已經說話了啊。

被魚刺親吻的感覺，到底是怎樣的呢？她很困惑，如果這項小缺點都無法忍受，怎麼當人家的妻子呢？

（人家正把妳燒的飯菜的味道及殘渣，留在身上、不忍銷毀呢……）

老闆好生煩惱，從開始以來，他每次都被扎得嘰嘰叫，就算完事後洗臉，也常常不勝其擾，從此也無法盡興了。

床上的過程都變得礙手礙腳，有志難伸，彷彿在煉獄裡。後來老闆連吃飯看到魚都會感到陽萎。

不僅如此，他們常去的那家賓館，還告誡說，拜託，別在房裡吃魚了，很難清理耶。

然而，當滿是魚刺的臉頰貼在她的肌膚上時，她則處在一種奇異的眩光中，賓館中幽暗古老的吊燈彷彿光束照入切割精巧的水晶玻璃中，散射出的不是一般的光芒，而更像是一種危顫顫走鋼索令人哆嗦的感覺，像是小時候年輕的鐘錶師傅教她如何操作電子錶時的肌膚接觸，又如同夢中被男人握住雙手，甩出釣竿的滿溢幸福。

那些光芒，更像一條條竄游水中的魚尾，款款擺擺，波光瀲灩。

因此她變本加厲，不只是臉，連他的手臂、身體，也常常黏上滿滿的魚刺，老闆常自嘲說自己是隻惹得一身腥的大刺蝟。

過程最後變得綿長而緩慢，老闆往往在她沾黏魚刺時，就已經呼呼大睡、不醒人事了。此時她並不會喚醒老闆，只會凝視著排列在老闆身上的傑作，輕輕地，用臉頰磨蹭著。

最後，是老闆娘結束了這一切。

果然是女強人，在公司時都不動聲色，晚上她一開門，唰一聲一包現金就擺在她面前，並氣勢凌人叫她不要來上班了，以後都不許再踏入公司一步，也不准和老闆見面了。

（再來我就要潑尿啦！）整個公寓樓梯間，都迴盪著老闆娘高亢的聲響。

沒有任何土石流，老闆娘的臉粉繃得，很結實。

父親像牽小孩般把卓伯伯帶到門邊瞧動靜，兩人四目相對，有點傻掉。

老闆娘和卓伯伯。

卓伯伯看見媽媽似地把老闆娘牽上沙發，老闆娘溫馴地如見到牧羊犬的綿羊，卓伯伯還想坐到她腿上，被她和父親一把拉開了。

卓伯伯掙扎了很久，從懷裡掏出一罐魚刺，說：「這是她幫我洗乾淨的，竟然藏在房間裡面不給我，眞壞，還好我偷偷拿出來，喏，送妳。那個男生呢？」

她臉刷紅了，心中並暗咒著，老闆娘則一語不發，把魚刺收進懷裡。

大家突然都禮貌了起來，打躬作揖送走了客人。

老闆娘的吼叫不知道爸爸有沒有聽到，她本想解釋，可是爸爸並沒多問，她也當作什麼都沒發生。

當然不可能什麼都沒發生。爸爸很自動自發地剪下報紙上的求職欄，在早餐過後，放在她的桌上。

（我在看著妳……I'm looking after you……）

她卻常常盯著那一罐罐洗乾淨的、帶有微微腥味的魚刺發呆。

既然無法消耗，她也不煎魚了。至少，待在家裡，卓伯伯會比較收斂點，不敢私自到她的房間。但也因爲少了玩具，而開始向她哭鬧起來：爲什麼不給我煎魚吃？爲什麼手錶要修那麼久？

被鬧煩了，她終於忍不住心中多日來的疑惑，於是，她開始逼問卓伯伯。

（你不說我就不給你手錶戴。）

她是人家的女朋友啦！

你別亂認人好不好，人家有老公的耶。

我沒亂說啦，我那時，不是被車子撞到嗎？

嗯嗯。

她本來和我玩，後來看我醒來變成這樣，就不和我玩，去找另外一個男生了。

你是說照顧你的那個？後來不是死了嗎？

她是這樣和我說的啊，她和我說了故事，說她幾天前到同一個地方，要把以前的我給找回來，結果給車撞死了，所以以後不能再見到她了。

那你怎麼知道她去跟別人玩？

我問她啊，那以後就沒有人陪我玩了，可是也沒人陪她玩了。

她怎麼說？

她就說以後有另一個男生陪她玩咩！我怎麼知道嘛！可是她說故事說那個男的撞了她，所以以後就得跟她玩啦。我得找到撞我的，才有人陪我玩嘛！

噢。

原來那個傳說中拋棄他的女人沒有死，只是成了自己的老闆娘了。世界眞小。她心想。

我的手錶呢？卓伯伯耐不住性子，扯著她。

還在鐘錶行啦，明天給你帶回來。

「不管啦我要我要妳現在去啦！」死小孩，她心裡咒罵著，都已經快晚上十點了，爸爸竟爲了哄卓伯伯，要她出門虛晃一圈等到他睡了再回來。

（先去睡，她等下會把錶送到你的夢裡喔。）

關門時她聽見爸爸對踢打哭鬧的卓伯伯這樣說，奇怪她從來不記得小時候爸爸有對她或弟弟這麼溫柔過。

她沒有地方可以去，於是沿著公車站，一站站慢慢地閒晃，最後晃到了市集，那裡晚上搖身一變，成了夜市。人潮擁擠，十分熱鬧。

乾脆來夜市賣東西好了，既然沒有工作了，她一面觀察什麼東西好賣，也一面盤算接下來的履歷表要送往何處。

最後她到撈魚的攤子前付了錢，蹲了下來。

她看到鐘錶行老闆身穿馬球衫、七分短褲，趿著夾腳拖鞋，抖著腳在一旁的攤子呼著氣喝四神湯。

她靜靜地撈著一條條金魚，技巧純熟，下網緩慢，水波不興。是那麼近啊，和夢的距離，這裡呼吸的空氣，都可能是剛從他的鼻息中飄過來的。

水波中扭曲的他，挪了挪板凳，發出嘎吱的聲響，屁股抬起，啊他要走了，隨即又坐下，原來又叫了一小碗滷肉飯，繼續吃著，他的頭左顧右盼，就是沒有轉到她這邊來。

七條魚，八條魚，九條魚，她心中默數，到十五條時，就主動和他打招呼吧，沒什麼不敢的。然而撈魚的節奏卻愈來愈慢，時間愈拖愈長，她猶疑著，似乎撈起每條魚間隔的時間愈久，四周的情境就會停格在那，如果她一直沒有撈到第十五條魚，那麼，他們就都永遠在那裡了。

網子沒破，是她放在水中的時間太久，紙糊的網子，慢慢和塑膠的框沿失去了聯繫，隨著其他撈魚的人興起的細微水波，飄走了。

時間不會隨鐘錶電池的耗盡而停滯。

鐘錶行老闆起身，離開板凳，隨口哼著小調，踏著微微的外八字，拎著一包應該是買回家給老婆吃的消夜，往已經拉下鐵門的鐘錶行走去。

十四條魚。

約定的日期早就過了，她緩慢地挑選了一個許久之後的日子，並挑了一件樸素卻容易吸引目光的針織衫配上及膝長裙，不搭公車，慢慢走到了鐘錶行。

鐘錶行的鐵門拉下來了，上面貼著一張草草寫就的紙條，上面的字是：老婆臨盆，今日公休，請多多包涵，謝謝。

（明信片的幻想之六）

門後面，就是家了。

家包括整個店後方幽暗的一間廚房和餐廳（廁所甚至還要走上二樓），以及二樓的小客廳及兩間採光不良的房間（其中一個並沒有任何窗口對街或是外面，象徵房間存在的窗口對著客廳，彷彿客廳是一個相對於屋子的外在空間，在裡面的人可以和客廳揮揮手打招呼宛若遇見路人）。

小客廳裡還擠著一缸子的魚。

妻子的肚子變得好大好大，她一直擔心著產後妊娠紋的問題。

（聽說關於宇宙，有兩個理論，其中一派科學家指出，宇宙從大爆炸以來，會隨著時間無限制地膨脹，另外一派則強調，宇宙在膨脹到了一個極限後，便會慢慢縮小縮小縮小直到下一次的爆炸。）

（再次爆炸的宇宙是否因爲承受不了皺縮後遍布時空中的妊娠紋，所以才選擇了毀滅？一切重新開始。）

（又是時間……）

妻子說，你還記得我們去巴黎的蜜月嗎？你拖著疲憊的腳步上了樓梯，沉重的聲音似乎永遠到不了二樓。

妻子的臉龐被陰暗的客廳切成了兩半，街上的車聲不絕於耳。

你被賣掉了。妻子的聲音略帶啜泣後的鼻音。

魚缸裡馬達的打氣聲嚶嚶地持續著。

不知道爲什麼，全世界將會有好多好多人擁有你，而且只要花兩歐元。

（我們總是對於齒輪和鐘錶的結構那麼有好奇心啊……）他看見茶几擺放的明信片，喃喃自語。

你的鬍子，愈來愈硬了……妻子說，像魚刺一樣，不舒服。

你不希望用這樣的臉頰，親吻即將出世的寶寶吧？你會將他稚嫩的皮膚刮傷的。

他回想起妻子懷第一胎時，並未提出如此要求，現在五歲的兒子，竟一反往常的吵鬧不休，靜靜地縮著腳，吸吮著拇指，橫臥在妻子的腿上。似乎有某種委屈，正在他的身體裡發酵。

像是知道他將要脱口而出的話語，妻子淡著眉頭說，上了小學再讓他改吧，他現在還有這種權利。

我記得那支錶。妻子挪挪下巴，說，茶几上不知何時多出了一支錶帶斷裂的女錶。

我也記得。他發現自己的語氣突然變得強硬且顫抖。

妻子沉默地起身，拿起那支錶，放進魚缸裡，說，我想測試看看，它能不能防水。

手錶冒著氣泡，緩慢沉入缸底，在沉降的過程中，那些貪吃的魚，還若無其事地游到一旁，冷不防地啄上一口。

錶面剛好朝著魚缸的正面。

妻子的臉在魚缸青紫的燈光下顯得十分扁平，兒子離開母親的大腿太久，開始哭了。

妳要測試到什麼時候？

今天又有客人抱怨，你把他的時間調慢了六小時。妻子的語氣平緩單調。

整個巴黎的時光，都沉到水底了，以氣泡計時。

他把魚缸的電源扯掉，燈光頓時暗淡下來，屋裡一片寂靜，只有窗外傳來的車聲。

不見不散。他離開時，只和妻子說了這句話。

「之前有個女人，來我這裡修錶，兩個月過了，都沒來拿……」他坐在王醫師身旁的小板凳上說著，邊看著珍奶店老張張大的嘴面對著牙醫。

趁著老張漱口的空檔，王醫師轉身問他：「你幹麼對人家念念不忘啊，你第二個小孩都過滿月了耶。」

「不是啦，我後來從她給我修理的兩支錶慢慢回想，發現，她是我在繼承我老丈人的店之前，向我買過手錶的小女孩啊。」他說：「我還幫她修過那支電子錶耶，我記得，她媽媽說她給小男生欺負，錶都弄壞了，好可憐喔……」

「喔喔喔，我要和你某講！」老張突然插嘴，接著就被王醫師按到椅子上，「吱～」地繼續開動工具，整頓老張的牙齒，老張閉上的雙眼皮緊得都泛出醬紫的色澤了。

「哎喲，這也沒什麼啦，我只是想到，她跟我買那支電子錶時，是她媽媽陪的，當時，她很興奮啊，都不聽我怎麼教她用呢。」

「所以呢？」

「前一陣子，我突然收到一張明信片和一小包東西（還好是我收到），我不用看從哪裡寄來，也知道是她寄給我的，明信片上畫了那兩支手錶耶。而且奇怪的是，那個小包裹裡，就是那支給我換過電池的女錶，裡面還塞了張紙條，我查了字典，上面說，請把這手錶交還給擁有這手錶的 Lady。」他還故意把「Lady」兩個音節說得滑溜滑溜的。

「那小姐幹麼沒事寄給你東西啊？」王醫師問。

「她那天說要去法國，還要我幫她調手錶的時間……」

「你被女鬼纏上了啦。」老張唏哩呼嚕地插著嘴，被王醫師罵了一下。

對了，他是你的病人耶。

你把她的長相形容一下吧。嗯嗯，綁著辮子，大約一百五十幾公分。還有嗎？沒有化妝，臉圓圓的，可是乍看之下會有點長。好，然後呢？說話有點慢，似乎每次說話前都要考慮半天，有點猶豫。

接著他又訕訕地自我解嘲說，我做這種生意的，沒有辦法像你們一樣，和客人太熟悉的，熟悉往往不是好事，多半是買的東西壞掉要退還是修理的。一般而言，客人都是幾年以後才會再見面。

（誰叫你是賣時間的啊，哈哈哈……）老張的聲音和醫生同時響起。

「沒有，我這裡沒有這樣的病人。更沒有這樣還跟我熟的病人，沒有。」王醫師瞇著眼想半天，接著頭如波浪鼓般不停地搖著。

是哪天啊，王醫師問。他說，就是把老張的老爺鐘送回去的那天。

「喂！是哪天你記得嗎？」他拍拍老張的大腿，老張痛苦地比了幾個手勢，他念出來，老張微微點頭，王醫師喝令他別動。

其實他牢牢記著那個日子，自從那支手錶寄到店裡後，他無聊時常常拆拆關關，記錄在裡面的日期看了不下幾百次了，已經比女人第一次拿到店裡讓他拆時鬆很多了。

老張的記憶力還不錯，的確就是老張比的那天。

那天啊，王醫師拉高聲量問櫃檯的護士小姐，那天，我們不是公休嗎？是啊，護士高亢的聲音傳過來。

三人陷入一片沉默，只有牙醫器械的聲響穿梭其中。

「那天我記得很清楚，你在我丈母娘生日時把『鐘』送回來了，我超開心的。對了，你家丈母娘那邊，最近如何啊？」再次漱完口，老張趕忙補充，語帶挑釁。

他沒有回應。老張很尷尬地閉上了嘴。

（張開，王醫師說。）

他的丈母娘和岳父，早就搬到郊區的大房子住了，每個月還從店中抽成，老婆管著帳，錢的事，他根本無從置喙。

老婆生完，到岳父母家坐月子，他才能偷偷訂製那條名貴的錶帶。

不知道爲什麼她不來把手錶拿回去了，不知道爲什麼。

「你們看，這就是她的錶。」他從口袋中拿出那支泛著金色光芒細瘦橢圓的女錶，想證明這是眞的：「剛寄到的時候，錶帶還斷了，我幫她換了新的錶帶……」

他沒說，是他特地向有門路的同行訂購的愛馬士小牛皮錶帶，韌性強，彈力夠，而且不會讓手起疹子。

（如果她細緻的手背長出一粒粒憨紅的疹子，不知道有多可愛喔。他常常寂寞地想著。）

「時間怎麼怪怪的啊。」王醫師瞄了一眼。

「這是巴黎的時間啊，她沒有要我調回去，我就不會調。而且奇怪的是，上次她拿那支電子錶來修，她給我的感覺是，手錶還在她的手上，可是我拆開錶背，的確是那天換的電池啊。」

「你幹麼不當場還給她？」老張的牙齒搞定了，他直起身來。

他訕訕地說，她來修另一支錶時，帶了個老男人，讓他覺得有點尷尬，所以想等她單獨來時，再給她。

眞正的原因卻是，在那前一晚，他作了一個夢。

場景是某個等待客人的無聊下午吧。事後回想，並不是他的鐘錶行，那個等待的場地比他的還寬敞明亮，有好多組展示櫃，每個櫃檯後面都有個面孔模糊的專員，妻子的大肚子不見了，正拖著地板，並微笑著。

整個場景空曠廣大到妻子走路的腳步聲都伴隨著清脆的回音。

他前方的展示櫃，空蕩蕩只放了陌生女子殘廢的那支女錶，巴黎時間一圈圈地走動。恍惚中他摸出一把美工刀，無比眷戀地望向自己的左手腕，那是長滿汗毛的褐黃皮膚，毛孔異常明顯，他撫摸著左手腕背略帶粗糙的質地，然後，精準劃割下去，看著血慢慢滲出來。

他的妻子不知道何時拿出了一把水果的削皮刀，漫步到他面前，抵住他的頭，小心翼翼地從頭頂（奇怪他這時竟然置身事外般看得見整個情況）螺旋狀地削下他的頭皮（從髮旋開始，他甚至嘀咕，別把我頭髮弄短了。），他坐的旋轉椅也剛好讓太太不用轉來轉去，只要轉他就好了。

「小心喔，半夜十二點整假如能對著鏡子削出一條完整的蘋果皮，就可以在鏡中看見未來的情人喔。」不知道哪個面孔模糊的店員，笑吟吟地嚷著。

「好的，我會小心的。」老婆回答。

店門打開的鈴聲響起，老婆笑說：「呵呵，妳來得剛好。」

他看見女人走向妻子（回音好大，好像在某個潮濕的山洞裡，聽到了鐘乳石滴滴落落的清脆水聲），接過那一綹綹粗細剛好的皮（奇怪他被削皮的部位，並沒有露出血淋淋的骨肉，底下反而是另一層完好的皮膚，彷彿他整個皮膚是包裹木乃伊的肉色亞麻布或是用不完的捲筒式衛生紙），挑選布料似的指指點點面露微笑，這時，他的皮膚，已經削到肚臍了。

「討厭啊，這地方最難搞了。」妻子耍著嬌嗔，猶豫著要不要接下去。

「沒關係，這些已經夠我做錶帶了。」女人像個懂事的家庭主婦，知道要點蔥就別再和賣菜的老闆娘要蒜了。

他看著女人把皮繞成一串串在手上，照著鏡子比劃著，看哪段最合適。

他看到自己手腕沾到血的那段皮膚，於是上前指著說……然後就醒了。

（就這段好了，帶血的很新鮮，有營養，還可以紋身吶。）

嚴重失落，他走出臥房，看著街上零落的車燈閃過，引擎聲由遠而近由近而遠，只有在深夜，才能辨識出那麼清晰的聲音。

他認眞地考慮著。

他相信，夢如果不說出來，就會成眞。可是他心中又隱隱覺得不妥，眞發生了不就掛了？但是，女人如果這樣要求，他是願意貢獻自己的皮囊的。

（趁現在即將老化皺縮前把我的時間定格緊繫住妳的時間上吧。現在，還來得及啊，我還沒老啊……）

心中甜滋滋的。

女人來了，當然沒提出這種要求。

唉，如果去夜市那天，能上前主動問個清楚，就好了……

可是，要如何啓齒呢？

「你家手錶那麼多，隨便拿個來呼攏我們，誰知道啊。」老張看他不回答，於是鼻孔噴氣，不屑地說。

「你們不相信就算了，我總不會去捏造一張明信片，或兩支手錶吧？」他佯裝生氣地說：「好，我也不想在這裡待太久了，假如她來我的店裡，怎麼辦？」

「難道你每天都要關在店裡，等她來拿回那兩支錶啊？」他關上診所門時，聽到老張在身後這樣說著，他反手把門再開起來，大吼一聲：「正有此意！」候診室兩個看報的老人被嚇得屁股離開沙發三公分。

他回去時，不小心踢翻了不知道誰放在店門口的一小盆奇怪的仙人掌，五彩的沙泥散落一地，植物的短根毫無保留地暴露在空氣中，好幾瓣仙人掌斷了，露出深綠色多水的葉肉，一副無所謂的態勢，他屈身撿拾，發現，這原來是插滿魚刺的石蓮花，他突然想到早上刮鬍子時下巴給弄出一道口子，剛才給牙醫碰到還隱隱作痛，遂拿進店裡，清洗了斷裂的葉片，把它的汁液擠在傷口上塗塗抹抹。

看著鏡中的自己，傷口的部分晶亮著光芒。他點了點頭，螢火蟲你好。

將剩下的砂土塞好後，他把花盆擺到工作檯上，邊喃喃自語「好可憐誰把你刺傷成這樣的」邊把刺拔掉，剩下好多一小點一小點殷綠的圓形傷口，彷彿植物出了疹子，他不知道該怎麼辦（面速利達姆？他趕忙揮去這荒唐的想法）。有片嬰兒乳齒般的新葉正旋出，他突然感到無限疼惜，決定要好好培養它。

整點到，各種咕咕鐘、大吊鐘小吊鐘、大圓盤鐘響起了各式各樣的鐘聲，彼此共鳴成一片模糊的光影，有些音調朦朧彷彿沒有套色好的書，圖案旁印著一圈淡淡的互補色。

清好桌面，等待客人上門的空檔，他常常會考慮著該把哪個聽膩聲響的鐘推銷掉了，但是，這次鐘聲大作完畢，他卻打開抽屜，端詳著那張明信片，沒有任何隻字片語，幾個月過去，他已經習慣這張明信片的存在了。

女人在他腦海中潮水般消退了形影，那些公式化的輪廓，卻怎麼都拼湊不出她的臉龐了。

他眼神移往躺在抽屜另一角的小兔子電子錶，看著那些小兔子，一個接著一個跳過去，他本來想和她說，沒救了，這手錶彷彿是電池的黑洞，不管怎麼修，裝上電池，兩天電就漏光光了。

現在，他卻開始著迷於電池耗盡的掙扎時刻，液晶的數字先是斷手斷腳，後來便用一種顫抖抽筋般的頻率失去了顏色，同時，小兔子的身影也開始模糊了，跳動的頻率變緩了，從五隻慢慢變成兩隻，最後半隻，沒了。

他開始相信，有些時間，不是照著某種固定的節奏直線前進的，如同這些消失的小兔子，他修理齒輪和電路，修理著小兔子的時間，那些時間是活在他的意識裡的，小兔子任由他擺布，他掌握了時間的頻率，時間在牠們的身上生，在牠們的身上死，在牠們身上變快變慢，他，是唯一的支配者。

然而，女人，才是控制時間的那方，我活在她的時間裡。他心想。

我只要待在這裡就好。他如此想著，或許有一天，我會重新在她的時間中啓動，電池在她的手中。

當然，他還是有點商人的本色。

「換電池，不加價喔。」他邊換邊默念著。

（後記）

這八年

距寫下這篇後記時的八年前，我出版了第一本短篇小說集《匿逃者》。後來，某合唱團學妹告訴我另一位學妹讀畢竟然崩潰痛哭。

我一直記著這件事。我寫小說並沒有想把人弄哭的意思，但作者的確沒辦法控制讀者的反應就是。

那一本小說的篇章有點闇黑這件事，我自己並非不清楚，書寫那些短篇時，我感到情緒上有蠻大波動，有時我得克制著自己不要讓鍵盤飛起來（拿去砸掉的意思，沒有任何超自然的指涉）。然而，我還是按著自己的手，把作品寫完。這些投注了很多闇黑情緒的作品，要把人弄哭似乎也只是小事一樁吧？

這樣說起來似乎很不專業很過時，但是我還是認爲小說是情感的產物（這說法實在是很籠統）。善遞饅頭（孫梓評用語）在形容一個人時，多少是惹人愛憐的，然而在形容一件作品時，或許就是負面成分居多。作品如果太過於善遞饅頭，實在不是一件值得驕傲的事情。所以在《匿逃者》集結之前，我就暗自想著，自己要寫一些讓人歡樂的作品。

那時有幾件事情促成了這樣的想法，第一個是林宜澐的《東海岸減肥報告書》，第二個是已經停播的節目《康熙來了》，第三個是俺娘親的疾病。

這三件事幾乎是同時發生的。當時，俺娘親生大病了，這大病得眞不是時候（哪裡有病來的正是時候呢？），那時剛好也差不多我正準備從碩士班畢業。大家當然是兵荒馬亂一陣子，心情難過歸難過，但總還是要面對的。在醫院陪伴的那些日子心情當然不會太佳，但總得稍微強顏歡笑一下去面對親朋好友，某天夜裡在病房裡陪娘親聊天，看她愁眉不展我也一籌莫展，只好打開電視，沒想到頻道正轉在《康熙來了》，我們倆不知怎麼地就被吸引了過去，當時似乎在採訪某個已經息影的明星（俺娘親依稀記得這位女星），據說很難訪問到，一般而言，對於這麼大牌的角色，當年的採訪者應該都是正襟危坐不敢問太多踰矩的問題，然而電視中的蔡康永就這麼放任著徐熙娣這樣沒大沒小地東問西問，葷腥不忌，又適時地說些好聽的場面話把走鐘的狀況拉回來。如此的風格眞是完全沒看過呀（也可能是那一陣子我眞的很少看電視）！我們母子倆就這麼忘記了正在經歷的那些不愉快，每天我們看「康熙」時，就是我們忘記病痛的時候。

眞正的疾病當然是從化療開始的，那時娘親啥事都沒辦法做，身爲書呆子，我能想到的就是拿些讀物給她打發時間。但即使我感冒發燒，自己都讀不太下什麼東西，何況是化療呢？化療除了打擊身體之外，神經方面也會受到很大的影響，因此娘親變得很脆弱很無主意，像個惶惶無依的小孩，即便如此沒主見，但遇到要閱讀時也很敏感很挑惕，反正病人只要說「不要」、「不想」，到底是不是眞的不要或不想你也搞不清楚，所以拿她沒輒。我只得仔細想想要給她看什麼，花花草草的圖鑑她可接受，一些盡量沒有太多闇黑情緒的散文（如簡媜，但即使簡媜也是有闇黑時刻的，要找到沒有的還眞不容易咧）也可，所以當我讀到林宜澐的《東海岸減肥報告書》時，我簡直是像挖到寶一樣，那麼純粹的幽默自嘲喜悅，那麼懂生活的人，簡直就是杏林子《生之歌》的幽默版呀！所以我也不管三七二十一的，就命令我娘親去讀，她到底讀進去了沒我也不知道，我總不能在人家生病時還來個隨堂測驗吧？病人的技能很少，但是「死給你看」這種技能對生重病的人來說倒是很容易的，我如果再逼問她讀了多少，那不是又給她生存的壓力了嗎？總之，旁人做的一些事情只是旁人自己求心安而已，眞正要度過困難大家都還是得靠自己的意志。

康熙加上東海岸減肥報告書讓我思考著，是不是也可以寫一些幽默好玩的東西，而並非一定要把角色往死裡摜。

於是，〈錶情〉、〈品漢沒上班的一天〉、〈流鼻血〉（只是較晚發表）、〈遙控器不見了〉等等幾篇，都是當時的產物。我記得曾將〈流鼻血〉這篇拿給讀書會的朋友們看，除了熊瑞英熊姐，沒人笑得出來，其他幾篇也頂多受到「寫得不錯呀（然後就是一陣靜默）」的評論，我預期的反應（哄堂大笑）是一點都沒有（你看看我被宋晶宜影響得多嚴重），我只好自我解嘲，想說，笑點這件事也是很私密的呀！像是小時候興沖沖看老三台放著《志村大爆笑》，最後也落得失望到笑不出來的下場，我看加拿大製作的《歡樂嘛嘛叫》笑得屁滾尿流，別人看就超冷靜的，這終究是笑點不一樣吧？沒有想到笑點不一樣也是一件十分惱人的事情，簡直跟許多的哲學命題（我是誰？人生究竟是什麼？）一樣難懂（不信的話去讀讀俄國的笑話，台灣人十個裡面有十一個都笑不出來，但只要跟俄國人一說，對方馬上笑到快斷氣），更慘的是，哲學命題還會有哲學家去幫你探討，笑點這回事除了搞笑藝人外大概也沒人想要認眞去看待了。

（至少，讀書會的夥伴們都知道我有寫作搞笑小說的計畫了。）

不不不，最初的計畫裡，我並不是要寫喜劇，說到喜劇就太沉重了，讓人馬上聯想到古希臘素雅的白色大理石像（結果近年的研究竟然發現那些白色石像著實讓人誤會很深，原來那些造像是彩色的呀！而且色彩的飽和度很高！完全跟素雅沾不上邊的那種五彩繽紛俗豔的彩色呀！文藝復興時代或拉斐爾前派的大德們如果知道了，搞不好會氣得馬上把這些造像都砸碎了？）或是莎士比亞，我希望寫的就是純粹的搞笑，讓讀者讀完可以放鬆心情。但是抓住笑點這回事實在是頗爲深奧，我寫一寫，也漸漸覺得寫笑點比寫喜劇更難，畢竟喜劇是個文學詞彙，總還有許多可供參考的作品存在，笑點實在是跟G點一樣私密，要如電視上的搞笑藝人那樣一站出去就讓人發笑，除非是老天賞飯吃，而且說眞的電視上眞的好笑的也沒幾個呀（或只是沒戳中我而已）！

所以這個計畫就慢慢地（且自以爲地）往喜劇路線發展了。說到喜劇，就可以吊一下書袋了，米蘭昆德拉在他的《小說的藝術》中提到「喜劇性」是這樣說的：「在卡夫卡是的世界裡，喜劇性並不是悲劇性的一個對位法的呈現（悲喜劇），就像莎士比亞的戲劇一樣（謎之音：看吧？卡夫卡和莎士比亞都出來了，多沉重呀？），喜劇性在那裡不是要藉由調性的輕盈而讓悲劇性變得比較讓人容易承受。

喜劇性不是悲劇性的陪襯，不是的，喜劇性將悲劇性摧毀於誕生之際，他把受害者還抱持希望的唯一慰藉都剝奪了：這慰藉於悲劇的崇高偉大（眞正的或假設的）。工程師失去了他的祖國，所有的聽眾都笑了。」這邊提到的工程師，是一名因爲被捷克共產政府陰錯陽差的指控而被迫移民的眞實人物。他因爲特務的疏忽，讓國家以爲他在英國詆毀社會主義國家，所以決定留在西方，問題是這人就在布拉格呀！他當然驚恐萬分，自己明明沒有背叛祖國的意思，爲什麼還被這樣指控？於是他到處申訴，國家也跟他說沒問題的，但最後卻被嚴厲監視，讓他無法忍受，逼得他眞的偷渡移民到西方國家了。

　　我比那名捷克工程師好多了，我是自願的。出版《匿逃者》的那個夏天，我也「匿逃」到了加拿大（所謂的西方國家）修習博士學程（突然想到出版完作品就逃離台灣的另一個人是夏宇……這樣想想就自我感覺良好多了。不過我誰呀？怎麼敢跟她相提並論？）。在加拿大的生活其實不算差，所謂的適應，最淺層的那些（生活上的瑣事），根本沒耗多少精力就可以達成，但是許多幽微的地方以及底層心理上的適應是很難說的（蕭泰然歌詞：言語會通心不通。有時不只是心可能不太通，連禮節上的細節都往往過好久才發現自己以往做得不適當，人家一方面容忍一方面大概也覺得都是成年人了實在不想對我說教〉，頭兩年時，我一直以爲我心態上調整好了，但是每當過完一年再回顧時，總會發現，之前自己到底在幹嘛呀？這樣年復一年，中間讀到吳億偉寫的文章〈時態〉，描寫所謂在國外的「自在」心情，他是這麼寫的：「至少要五年，你才會覺得自在。這自在並不是因爲能力的增加，而是你再也不在乎你現在在乎的這些了。」於是我就如同做實驗般，想在第五年時驗證他所寫的話，到底還在不在乎當時所在乎的？我現在回頭看第五年，當然沒有比我現在不在乎，而且第五年是要畢業的當口，怎麼可能不在乎？但至少現在的不在乎，似乎就是心態上的「適應」了吧？

這種自在實在是得付出代價的，在國外生活是一回事，在國外生活兼拿博士學位又是另外一回事了，在國外工作又更加是不一樣的事情。喜劇就是悲劇加上時間，這句老掉牙的話，我就在追尋這樣的「自在」中逐一體會到。更何況需要在乎的事情一直來一直來，如果不自在點那怎麼受得了？

回到昆德拉（好啦，我知道黃錦樹說過，小說怎麼寫也不是昆德拉說了算。是這樣沒錯，但誰又說了算呢？我就是腦波弱對昆德拉言聽計從，不然來咬我嘛！）。他的「喜劇性將悲劇性摧毀於誕生之際，他把受害者還抱持希望的唯一慰藉都剝奪了。」實在好嚴厲，但是我喜歡。所以有了〈髮事〉、〈黑色蜘蛛網〉、〈世界是葷的〉等篇章，至少我寫的都是一些虛構的事情，沒有一個人在這些小說裡面眞正受到傷害，唯一的祭品大概就是我自己，但反正我都撐過來了很自在（到底是要多自在？蝶翼都長出來了？）。到頭來，我還是在寫一些闇黑的事，只是沒有把角色摧毀，頂多把小說裡受害者還抱持希望的唯一慰藉都剝奪掉。如此，我寫起來很歡樂，非常自娛（娛人的話我就不曉得了），何樂而不爲呢（很八股的結論吧）？

即使這本作品收錄了我認定的所謂「喜劇路線」或「搞笑路線」的作品，我的寫作計畫當然不只如此（計畫跟作品一樣，在腦袋裡時最美好了！），可惜人一忙起來、加上歲月摧殘、再加上腦袋裡英文對中文的摧殘（留學生往往會經歷的，英文或留學當地語言不見得變好，但是中文變差了），寫作精神就渙散了，這幾年寫得龜速，其他零散的篇章、不符合本書主軸的，也只好暫時捨棄不收。這年頭，出書這回事，有這一次也不知道有沒有下一次，我幸已經在印刻出版了兩本書，趁這第三本出版之際，我還是得藉此好好謝一謝這幾年陪伴我的親朋好友們：

季季老師以及林俊頴先生，感謝你們這幾年的關愛並一直默默地敦促我書寫。

讀書會的徐譽誠、杏亞大正妹、阿尼洪茲盈、熊姐、徐嘉澤，感謝你們契而不捨地讓我以視訊大頭貼啾咪的方式於讀書會存在著。

登登登張家禎、吳明玥、李俊陞、陳牧宏、楊雨樵、海羽毛、黃崇凱、神小風、賴雯琪、蔡馥光、林宗穎、黃堯聰、湯大屁、汪偉霖、梁彥、梁先生、余定恆、廖國安、James Wang、陳志明、Chris Hossfeld、Anthony Cushing、Jürgen Last，你們眞是我聊天談八卦、留學及在國外生活的支柱。沒有你們我該怎麼辦唷！

感謝印刻的初安民先生、江一鯉女士、陳健瑜小姐、施淑清姊姊促成本書的出版。

感謝我的父母及俺妹，謝謝你們這幾年源源不絕地幫我買書寄書給我，現在我在蒙特婁幾乎都可以開圖書館了唷！

（附錄）

發表時間

末日倒數第十八天：《聯合文學》，二〇一二年六月號
世界是董的：《聯合報》副刊，二〇一五年五月二十六日
髮事：《文訊》，二〇一〇年八月號
品漢沒上班的一天：《幼獅文藝》，二〇〇七年四月號
遙控器不見了：二〇〇七年吳濁流文學獎得獎作品
流鼻血：《印刻文學生活誌》，二〇一二年七月號
黑色蜘蛛網：《短篇小說》二〇一三年十月號
錶情：《上海文學》，二〇〇七年十一月號

文學叢書 518

魯蛇人生之諧星路線

作　者　賴志穎
總 編 輯　初安民
責任編輯　陳健瑜
美術編輯　林麗華
校　對　賴志穎　吳美滿　陳健瑜

發 行 人　張書銘
出　版　INK 印刻文學生活雜誌出版有限公司
新北市中和區建一路 249 號 8 樓
電話：02-22281626
傳眞：02-22281598
e-mail：ink.book@msa.hinet.net
網　址　舒讀網 http：//www.sudu.cc

法律顧問　巨鼎博達法律事務所
施竣中律師
總 代 理　成陽出版股份有限公司
電話：03-3589000（代表號）
傳眞：03-3556521
郵政劃撥　19000691　成陽出版股份有限公司
印　刷　海王印刷事業股份有限公司

出版日期　2016 年 12 月　初版
ISBN　978-986-387-134-7

定　價　260 元

國家圖書館出版品預行編目資料

魯蛇人生之諧星路線／賴志穎 著；
--初版，--新北市：INK印刻文學，
2016.12　面；14.8 × 21公分（文學叢書；518）
ISBN 978-986-387-134-7（平裝）
857.63　105020570